Cher Journal

À la sueur de mon front

Flore Rutherford, 11 ans, enfant-ouvrière

Sarah Ellis

Texte français de Martine Faubert

Éditions
■SCHOLASTIC

Kingston, Ontario, 1887

19 mai 1887

Chère maman et cher papa,

Alléluia! Je suppose qu'au Paradis, vous entonnez des
alléluias tous les jours, mais aujourd'hui, vous pouvez en
chanter un de plus. Ce matin, la directrice m'a annoncé
une nouvelle si extraordinaire que j'ai du mal à trouver les
mots pour dire combien je suis heureuse. Je suis aussitôt
revenue dans ma chambre pour vous l'écrire dans mon
carnet parce que, en le notant sur le papier, j'aurai
l'impression que c'est plus réel, bien décidé et pas
seulement un rêve. La directrice a reçu une lettre de tante
Janet, qui avait trois nouvelles à annoncer. La première : elle
s'est mariée. La deuxième : son mari (il s'appelle James
Duncan) et elle ont réussi à trouver du travail dans une
grande filature de laine, dans une ville nommée Almonte.
La troisième et la plus merveilleuse : ils ont un endroit où
habiter et ils veulent que je quitte Kingston pour aller vivre
avec eux et travailler, moi aussi, à la filature.

Quand la directrice m'a annoncé ces nouvelles, j'ai
réussi à me contenir, mais dès que je me suis retrouvée
seule (je me suis réfugiée dans le potager), j'ai pleuré de
joie. Je pensais à tous ces « alléluias » dans les psaumes, au
son des harpes, des psaltérions et des tambourins. Je ne sais
pas vraiment quels bruits font ces instruments, mais
j'imagine que c'est ce qu'on entend dans le cœur d'une
fille qui vient d'apprendre qu'elle n'habitera plus à

l'orphelinat protestant parce qu'elle a une vraie famille qui l'attend. Alléluia!

Ensuite, je suis rentrée pour aller peler des panais pour le souper. Même des panais pour le souper n'arrivent pas à gâcher une si belle journée!

20 mai

Chère maman et cher papa,

Aujourd'hui, je me suis réveillée très tôt. Le charbonnier faisait sa livraison, et c'est un homme qui crie très fort, même avant l'aube. J'allais me retourner dans mon lit et me rendormir, quand je me suis rappelé les bonnes nouvelles. Pourquoi perdre mon temps à dormir alors que je peux rester éveillée et me sentir heureuse?

J'ai sorti ma boîte aux trésors. Les plus précieux de tous : six lettres de tante Janet, une pour chacun de mes anniversaires depuis que je suis arrivée à l'orphelinat. Chaque fois, elle dit qu'elle aimerait beaucoup que je vive avec elle, le jour où elle aura trouvé un logis et du travail. Et ce jour est arrivé.

Je me suis mise à penser à ce qu'est une famille. Ici, tous les enfants parlent de familles : celle dont ils gardent le souvenir et celle qui va les accueillir, un jour. La plupart du temps, ce sont des histoires inventées. Je le sais, car moi aussi, j'en invente.

Tous les soirs, après la prière et avant de m'endormir, je m'invente une journée avec vous. Je m'inspire parfois de choses dont je me souviens. Toi, papa, tu me chantes une ballade écossaise. Et toi, maman, tu pianotes sur mon bras en me récitant une comptine qui parle d'un petit lapin. Tu mets des boutons d'or sous mon menton et tu dis que j'aime le beurre. Nous avons un chien qui s'appelle Laird et qui court en rond dans la neige en pourchassant sa queue. Quand il s'empêtre dans ses pattes, nous éclatons tous de rire. Une nuit, il y a un orage électrique. Laird et toi, maman, vous avez peur, mais pas papa et moi, nous adorons regarder les éclairs.

Dans mes journées inventées, il y a des choses qui auraient pu arriver. Par exemple, nous habitons dans notre maison à nous, sans aucune autre famille. Il y a un jardin. Parfois, j'y ajoute des frères et des sœurs. Je leur donne des noms que je trouve dans la Bible, comme Jéroboam, Timothée et Tsilla.

Mais ma meilleure invention, c'est que les gens ne sont jamais malades. Ils ne meurent pas non plus.

La directrice dit parfois que nous formons une famille, à l'orphelinat. Elle dit cela lorsque nos bienfaiteurs viennent nous rendre visite. Mais nous savons tous que c'est faux.

Malgré tous mes souvenirs et mes histoires inventées, je ne sais pas vraiment à quoi ressemble une famille. J'en connais des moments, mais pas des moments qu'on peut combiner pour former des journées complètes.

J'ai aussi pensé aux familles des contes où on trouve des princesses et des fées. Les princesses ont une famille, bien sûr, avec un roi et une reine. Mais les familles semblent passer tout leur temps à interdire des choses ou à organiser des concours dont le prix est la main de la princesse en mariage. Dans ces contes, on ne parle jamais de repas pris en famille, ou de querelles. Quant aux fées, elles n'ont pas de famille du tout. La Sainte Famille, c'est quand même mieux. Au moins, Joseph a un travail : il est charpentier. La famille voyage, les parents ont des soucis et Jésus va à l'école. Il n'a ni frère ni sœur, mais ce n'est pas tout à fait pareil parce que c'est la Sainte Famille.

À l'église et quand je vais faire des emplettes avec la directrice, j'aime bien observer les familles. Voici ce que j'ai remarqué : les pères sont parfois durs. J'espère qu'oncle James ne le sera pas. Les frères sont parfois très gentils et, à d'autres moments, tout à fait odieux. Je n'ai jamais entendu un père ou une mère dire à son enfant qu'il devait être reconnaissant d'avoir une famille, comme la directrice qui nous dit que nous devrions être reconnaissants d'être à l'orphelinat. J'ai pensé aux familles, comme ça, jusqu'à ce que ce soit l'heure de me lever.

21 mai

Chère maman et cher papa,

Aujourd'hui, j'ai raconté mes nouvelles à Alice. C'était dur. Nous sommes amies depuis le jour où elle est arrivée ici. On dirait que, même dans les bonnes nouvelles, il y a une partie triste. Dans mon cas, c'est le fait que je vais quitter Alice. Mais elle était contente pour moi et, au lieu de s'apitoyer, elle a aussitôt imaginé une histoire où elle réussit à réduire sa taille suffisamment pour se glisser dans la poche de mon tablier. Un des bons côtés d'Alice, c'est qu'elle ne pense pas qu'à 11 ans, on est trop vieux pour les contes de fées.

22 mai

Chère maman et cher papa,

Aujourd'hui, à l'église, au beau milieu du sermon, je me suis tout à coup ennuyée de vous. Ça m'arrive souvent à l'église, car c'est un endroit où on pense au Ciel, et aussi parce que je me rappelle avoir été assise entre vous deux, en train d'écouter vos voix qui récitaient les prières ensemble. Je me suis sentie comme ballottée par les flots. Je me suis mise à penser au nouvel endroit où j'allais vivre. Puis j'ai été ramenée à l'époque où vous veniez de mourir et où j'ai été envoyée à l'orphelinat. C'était insensé, car je suis aussi heureuse qu'on peut l'être de partir, mais en même temps, je me sentais complètement abattue. Insensé ou non, j'ai quand même dû regarder le plafond de l'église, afin d'empêcher les larmes de couler sur mes joues.

23 mai

Chère maman et cher papa,

Il est très tôt. Je n'ai pas bien dormi, la nuit dernière. Harriet n'arrêtait pas de tousser. Quand j'entends quelqu'un tousser, je pense à la pleurésie. C'est le mot le plus affreux que je connaisse. Je me rappelle le jour où on m'a dit que la pleurésie vous avait « emportés » tous les deux. Je croyais alors que la pleurésie était une sorte de monstre. Maintenant que je suis grande, je sais que c'est une maladie, mais la nuit, dans le noir, je pense toujours à ce monstre quand j'entends quelqu'un tousser.

Mieux vaut penser à quelque chose de plus joyeux, comme le fait que je vais revoir tante Janet.

24 mai

Chère maman et cher papa,

Tante Janet m'a envoyé de l'argent. Elle a écrit qu'oncle James voulait que j'aie un peu d'argent de poche pour mon voyage. Je crois qu'oncle James est un genre de marraine bonne fée. Je suppose qu'il faudrait plutôt dire un parrain bonne fée, mais je n'ai jamais entendu parler d'un tel personnage. Je sais exactement ce que je vais acheter avec cet argent. La prochaine fois que la directrice m'enverra au magasin, je vais me le procurer.

La directrice dit que je vais partir vendredi. Comment puis-je attendre trois jours? Vivement vendredi!

25 mai

Chère maman et cher papa,

Le temps avance aussi lentement qu'un ver de terre. Je pense aux vers de terre parce que l'autre jour, dans le jardin, John C., qui adore me tourmenter, a lancé un ver de terre sur moi. Il s'attendait à ce que je crie, mais les vers de terre ne me dérangent pas, en tout cas pas depuis que je dois m'occuper de tous ces méchants petits garçons. Il en est arrivé trois cette année, à l'orphelinat, et ils sont tous plus horribles les uns que les autres. Je suis censée leur apprendre à bien se comporter, mais ils refusent d'écouter. Cette tâche ne me manquera pas. Alice me dit qu'elle s'exerce à réduire sa taille afin d'être prête à m'accompagner.

26 mai

Chère maman et cher papa,

Demain matin, je vais partir. À Noël, l'année dernière, pendant la fête, on nous a servi des petits gâteaux parsemés de centaines de bonbons minuscules que la directrice appelait vermicelles de sucre. Je me sens comme ça aujourd'hui : un mélange de nombreuses choses. Je suis heureuse et excitée, mais aussi pleine d'appréhension et de tristesse. Alice va me manquer énormément, et aussi Mary Ann, Harriet et Ellen. Je vais m'ennuyer de la cuisinière, elle qui est si gentille, même quand elle est de mauvaise humeur. J'ai donné à Alice mon bracelet de perles de verre, en souvenir de moi. Ce soir, le passage de la Bible que nous avons lu était le psaume 148, qui est une liste de choses à la gloire de Dieu : le soleil et la lune, le feu et la grêle, les reptiles et les oiseaux ailés. Mon verset préféré est celui-ci : « Louez l'Éternel du bas de la terre, monstres marins et vous tous, abîmes ». Je crois que c'est bon signe.

27 mai

Chère maman et cher papa,

Je vous écris ceci alors que je suis dans le train. Vous pouvez maintenant voir ce que j'ai acheté avec mon argent de poche : ce carnet et trois nouveaux crayons. Le papier est blanc comme neige, et les crayons sentent merveilleusement bon.

Le train va beaucoup plus vite qu'on ne pourrait le croire en le regardant passer. Il va si vite qu'on ne voit même pas les objets les plus proches, comme les clôtures et l'herbe. Tout se transforme en une masse confuse de couleurs et, si on essaie de fixer son regard sur quelque chose, on a mal au cœur. Pendant un moment, un cheval dans un champ nous a suivis au galop, mais nous étions plus rapides que lui. Je me suis imaginée sur ce cheval, en train de faire la course avec le train. Puis je me suis imaginée portant des bottes magiques et filant comme le vent à côté du train.

En face de moi, il y a une belle dame très gentille. Elle a un sac à ouvrage. Quand elle l'a ouvert, je n'arrivais pas à en détacher mes yeux. Dedans il y avait tout plein de petits écheveaux de coton à broder de toutes les couleurs de l'arc-en-ciel, et même d'autres couleurs qui ne sont pas dans l'arc-en-ciel. Elle s'est mise à broder des pensées mauves et jaunes sur une jolie pièce de tissu. Elle m'a demandé si je brodais, et j'ai répondu que non. D'après la directrice, il n'était pas nécessaire que nous apprenions autre chose que la couture ordinaire et le tricot. La gentille dame m'a alors demandé si j'aimerais apprendre à broder. Je ne savais pas s'il était convenable de dire oui, mais je n'ai pas pu m'en empêcher. Elle m'a donc prêté une aiguille, un bout de fil d'un magnifique bleu pâle et une pièce de tissu, puis elle m'a appris les points de tige, de bouclette et de nœud. Avec ces trois points, j'ai brodé de jolies petites fleurs. Elle m'a prêté des ciseaux longs et effilés comme le bec d'un héron. J'aime beaucoup la broderie. C'est tellement plus agréable de faire des points qu'on peut voir, plutôt que des ourlets qui sont censés être invisibles. La gentille dame a examiné mon travail, en regardant tout particulièrement l'envers, puis elle a dit que c'était bien fait et que j'apprenais vite.

Ensuite, elle m'a suggéré de broder des fleurs sur mon tablier. J'ai d'abord voulu dire non, que je n'avais pas la permission, puis tout à coup, je me suis rappelé quelque chose : la directrice ne le saura jamais! Est-ce que tante Janet serait d'accord? Elle n'était pas là pour que je lui pose la question. En me voyant hésiter, la gentille dame a dit que je ne devais pas m'inquiéter : comme la teinture du fil était bien fixée, celui-ci ne déteindrait pas sur mon tablier. Quand elle a ajouté que je pouvais choisir les couleurs que je voulais, je me suis finalement décidée.

J'ai retiré mon tablier et brodé une rangée de fleurs tout autour de la bavette. Elles sont roses, mauves et bleues, et les feuilles sont de deux teintes de vert. Les cœurs des fleurs sont faits au point de nœud, et sont jaunes et blancs. C'est vraiment la plus belle chose que j'aie jamais portée. Entre ces deux phrases, je touche mes fleurs (les centres au point de nœud font de petites bosses), puis je rentre le menton afin de regarder mon petit jardin sur ma poitrine. J'aimerais tant qu'Alice soit vraiment dans ma poche.

J'ai hâte de voir tante Janet et, en même temps, je voudrais que ce train roule sans fin. Aucune responsabilité, aucune tâche, personne pour me demander quoi que ce soit, personne pour me causer des ennuis, personne à qui il faut faire plaisir, à part moi. Mais je dois descendre à Brockville et prendre un autre train.

Plus tard

Chère maman et cher papa,

Le train de Brockville me préparait une grande surprise. Aussitôt que nous avons quitté la gare, nous avons été plongés dans les ténèbres, comme au tout début de la Bible où « il y avait des ténèbres à la surface de l'abîme ». Je n'ai pas pu m'empêcher de hurler, et une voix a dit : « Ne t'inquiète pas, ce n'est qu'un tunnel ». J'étais bien contente, quand nous en sommes sortis et que j'ai retrouvé la lumière du jour.

Je retourne à mon petit jardin.

28 mai, le matin

Chère maman et cher papa,

Nous sommes samedi matin, et je n'arrive pas encore à croire que je suis arrivée ici. J'ai été réveillée par les pleurs d'un enfant. J'ai sauté hors de mon lit, croyant qu'il s'agissait de la petite Jessie qui avait mal aux dents. Puis je me suis rappelé que je n'étais plus à l'orphelinat. Les pleurs venaient de l'autre côté du mur. J'ai ensuite entendu la voix d'une femme, sans pouvoir comprendre les mots. Les pleurs se sont arrêtés. Il est encore très tôt, avec à peine un peu de lumière. Pas un bruit du côté de tante Janet et d'oncle James. Je ne veux pas me rendormir de peur de manquer mon premier matin dans ma nouvelle maison, un matin tout différent de ce que j'ai vécu jusqu'à maintenant.

Aujourd'hui, je suis quelqu'un d'autre. À l'orphelinat, j'étais Flore Rutherford, orpheline, ou Flore Rutherford, gardienne d'enfants. Maintenant, je suis Flore Rutherford, nièce. Je n'ai pas beaucoup dormi, la nuit dernière. D'abord parce que je me réveillais constamment, juste pour le plaisir de me réveiller dans mon p'tit coin. (C'est comme ça qu'oncle James l'appelle : le p'tit coin de Flore). Je ne me rappelle pas avoir dormi toute seule dans une chambre, sans entendre quelqu'un d'autre renifler ou gémir. Je croyais que ce serait la nuit la plus calme de toute ma vie, mais pas du tout! C'était la plus bruyante, à cause des trains. La première fois que le train a fait entendre son sifflet, j'ai cru qu'il allait traverser la maison, tellement le bruit était fort et proche! Maintenant, ça ne me dérange plus. Le bruit d'un train, c'est agréable, une fois qu'on sait ce que c'est. Tante Janet dit que je vais m'y habituer et que je vais finir par dormir malgré le bruit.

Mais je vais trop vite. Je veux vous raconter ce qui s'est passé hier.

Quand le train a quitté Carleton Place et que le chef de train a annoncé « Prochaine gare, Almonte », j'ai senti mon cœur chavirer. Je me faisais du souci en pensant à ce qui m'attendait et aussi parce que ma tante et mon oncle étaient des étrangers pour moi. Je songeais à tout ce que je ne connaissais pas, comme la vie de famille et le travail dans une filature. Je me suis même inquiétée à propos de la broderie sur mon tablier. À cet instant, si une fée m'avait demandé : « Veux-tu retourner à l'orphelinat? », j'aurais répondu que oui. Je ne suis pas particulièrement timide. Pourtant, j'ai senti soudain que je pourrais l'être.

Toutes ces inquiétudes se sont envolées quand tante

Janet m'a prise dans ses bras, à la gare. Elle m'a serrée contre elle, puis elle m'a écartée, les mains sur mes épaules, et m'a examinée, comme si elle cherchait à lire mon visage, puis elle a dit que je te ressemblais trait pour trait, maman. Ses yeux se sont alors embués de larmes. Puis un beau jeune homme à la chevelure noire et bouclée est apparu. C'était oncle James. Il a retiré sa casquette, s'est incliné bien bas en disant : « Soyez la bienvenue, lady Flore ». Je me demandais s'il se moquait de moi. Mais tante Janet s'est mise à rire et a dit : « Oh! arrête ça, espèce d'idiot ». Puis elle m'a expliqué qu'il agissait toujours comme ça et que je ne devais pas faire attention à lui.

Nous avons marché de la gare jusqu'à l'endroit où vivent tante Janet et oncle James. Ce n'était pas très loin. Je suppose que je devrais dire l'endroit où je vis maintenant. Le bâtiment a trois étages, et nous habitons au deuxième. Il y a deux pièces. L'une sert de cuisine et de salon, avec un petit coin pour moi, derrière un rideau. L'autre est une chambre à coucher. La salle de bain est en bas, et nous la partageons avec tous ceux qui habitent la maison. Dans le salon, il y a un poêle, une boîte à bois, une cuvette avec une tablette au-dessus et un vaisselier. Il y a aussi une table et trois chaises. Dans mon coin, il y a un lit, un crochet pour mes vêtements et une boîte sous le lit, pour mes affaires. Il y a de jolies choses à regarder : deux tasses à thé délicates, une nappe de dentelle pour la table, un tableau représentant des fleurs et une catalogne. J'ai parlé à tante Janet de la dame qui faisait de la broderie dans le train. Elle a regardé mon tablier avec admiration et a dit qu'elle me montrerait comment faire de la dentelle frivolité et des catalognes, si j'en avais envie.

Tante Janet a fait du thé, puis oncle James et elle m'ont parlé un peu de l'usine : la filature de laine d'Almonte. Tante Janet est fileuse et oncle James est tisserand. Moi, je vais être leveuse de bobines. C'est un travail qui se fait dans l'atelier de filature où se trouve tante Janet, mais je ne comprends pas très bien de quoi il s'agit. Ils m'ont expliqué que la filature d'Almonte est la plus grosse filature de laine au Canada, et que le tissu de laine peignée qu'on y fabrique a remporté des prix pour sa qualité. Tante Janet dit que le premier ministre porte peut-être un complet qu'elle a contribué à fabriquer. « C'est vrai, a ajouté oncle James. Sans cette contribution de Janet et de moi-même, sir John A. Macdonald se promènerait peut-être vêtu d'une peau de mouton! »

J'ai demandé si nous allions travailler demain, mais oncle James a dit que le propriétaire de la filature, M. Flanagan, avait déclaré que le lendemain était jour de congé parce que lady Flore venait d'arriver à Almonte. Tante Janet a fait semblant de lui donner un coup de poing sur le bras et a dit que la filature était fermée pour une journée, le temps de remplacer certaines machines, mais que ça tombait bien, car cela leur donnait l'occasion de m'accueillir.

Une dernière chose. J'étais en train d'écrire dans mon p'tit coin quand tante Janet a poussé le rideau et m'a demandé ce que j'écrivais. Je n'ai jamais parlé à qui que ce soit de ces lettres que je vous écrivais parce que j'avais peur qu'on se moque de moi, alors j'allais lui répondre que j'écrivais mon journal intime. Mais je ne voulais pas lui mentir, à elle qui m'accueille si gentiment, alors je lui ai dit la vérité. Elle a souri et a dit que je devais être bien intelligente pour être capable d'écrire des lettres aussi longues. Elle a ajouté qu'elle avait de la difficulté à écrire. Je lui suis d'autant plus reconnaissante des lettres qu'elle m'a envoyées.

Oncle James est alors intervenu : « Tu as écrit des tas de lettres quand nous avons appris que Flore venait chez nous ». L'air gênée, tante Janet a dit : « C'est parce que je voulais partager cette bonne nouvelle avec le reste de la famille ». Puis elle m'a embrassée et m'a souhaité bonne nuit. J'étais surprise, mais c'était agréable. Je me demande si elle va le faire tous les soirs. Je ne suis pas habituée à me faire embrasser. C'était plutôt rare, à l'orphelinat. Ça m'est arrivé une seule fois, lorsque le boulanger au gros nez rouge et aux cheveux graisseux a essayé de m'embrasser un matin, en livrant son pain. Je n'ai pas aimé ça du tout.

Donc, la première chose que j'ai apprise à propos de la famille, c'est qu'on peut se taquiner gentiment, mais qu'on ne se moque pas des autres.

Une dernière chose : ce qu'il y a de plus agréable avec tante Janet, c'est son odeur. Non, je ne me montre pas irrespectueuse. Je veux dire qu'elle sent très bon.

Voici un autre train qui arrive et fait trembler les murs. Comment sera cette journée qui commence?

Toujours le 28 mai, le soir

Chère maman et cher papa,

Je suis incapable d'imaginer une journée plus agréable que celle que je viens de passer. Tante Janet a préparé du gruau pour le déjeuner, un gruau sans grumeaux, ce que la cuisinière de l'orphelinat n'a jamais réussi à faire. J'ai aidé à brasser le gruau, à faire la vaisselle et à aller chercher de l'eau. Je suis bien décidée à faire tout ce que je peux pour aider. Je commençais à balayer quand oncle James a dit que c'était jour de congé et que nous devrions plutôt sortir afin que je puisse visiter la ville.

Ils m'ont d'abord présenté un voisin. Au moment où nous sortions de la maison, j'ai vu un garçon qui lançait des billes contre le mur. Il s'est relevé et a dit : « Enfin! C'est toi, Flore? » Oncle James a ri. Il a dit que le nom du garçon était Murdo Campbell, et que les Campbell étaient nos voisins.

« Nous habitons de l'autre côté du mur, a expliqué Murdo. Nous sommes sept. » Puis il a débité sept noms à toute vitesse. Je n'en ai retenu aucun. Tout ce que je sais, c'est que Murdo est le deuxième plus vieux. La chose la plus remarquable chez lui, ce sont ses cheveux : je n'en ai jamais vu d'aussi roux. Sous les rayons du soleil, on aurait dit qu'il avait la tête en feu, comme s'il était moitié garçon, moitié chandelle. Murdo a dit qu'il attendait mon arrivée avec impatience. « Tous les autres sont trop petits pour être utiles, a-t-il dit. Sauf Kathleen, mais elle veut toujours me mener par le bout du nez. C'est bien d'avoir un jour de congé, non? »

17

Je me demandais en quoi j'allais pouvoir lui être utile. Tante Janet et oncle James semblent bien aimer Murdo. Il nous a collé aux talons, gai comme un pinson et parlant à toute allure.

Nous avons dépassé la gare, puis nous avons marché dans la rue Bridge et la rue Mill jusqu'à la rivière. Tante Janet et oncle James m'ont indiqué tous les bâtiments : les ateliers du bottier et du forgeron, l'épicerie, le magasin général, l'hôtel, l'atelier du ferblantier, la pharmacie, l'hôtel de ville, les bureaux du dentiste et du docteur, la poste et la boutique de l'horloger. À côté de l'hôtel, il y avait une longue rangée de stalles et de remises à voitures. J'aime les bruits que font les chevaux : le son des grelots de leur harnais et cette espèce d'éternuement qu'ils font avec leurs naseaux. Murdo m'a raconté toutes sortes d'histoires à propos des gens qui habitent dans ce quartier, des commerçants qui sont gentils et de ceux qui le sont moins.

Lorsque nous sommes arrivés devant l'hôtel de ville, qui est magnifique, Murdo m'a montré du doigt un lampadaire. Oncle James a dit en riant que c'était l'endroit où les couples d'amoureux se rencontraient. « C'est la lumière de l'amour », a-t-il ajouté. Tante Janet a éclaté de rire. Murdo, lui, a poussé un grognement.

Puis nous sommes arrivés à la rivière. Elle est splendide. Elle porte le nom de Mississippi (quand on écrit ce mot, on dirait qu'il n'en finit plus) et elle a une énorme chute. L'eau de la rivière est lisse et avance lentement, puis tout à coup, elle se met à couler très vite et devient toute blanche et bouillonnante. Ça me faisait penser à un troupeau de chevaux à la longue crinière blanche.

Murdo a essayé de m'expliquer comment l'eau faisait tourner la grande roue qui fournit de l'énergie à toutes les machines de la filature. Il était plein d'enthousiasme et me parlait de roues à augets et d'autres types de roues. Je n'y comprenais rien, mais tante Janet m'a dit que je verrais tout ça lundi. Jusque-là, j'aime mieux penser à autre chose.

Sur le chemin du retour, nous avons acheté quelques provisions, puis Murdo a disparu pour aller jouer au baseball et oncle James est parti à la pêche.

Tante Janet et moi sommes rentrées et nous avons pris le thé. Elle m'a montré le tricot qu'elle est en train de faire : un chandail pour oncle James. Je lui ai dit que je savais tricoter des bas, et même les talons, car la directrice tenait absolument à ce que toutes les filles apprennent à tricoter. Tante Janet était très impressionnée. Elle est allée chercher des aiguilles à tricoter et de la laine grise, bonne à faire des bas, puis elle a proposé qu'on apporte nos ouvrages dehors.

Nous avons traversé la rivière et avons trouvé un endroit où nous asseoir au soleil, juste en face de la filature. Celle-ci ressemble à un énorme château, dont les fenêtres reflètent les rayons du soleil. La rivière qui la longe me fait penser à une douve. Je me suis imaginé une princesse qui vivrait dans ce château. Elle aurait une chambre remplie des plus belles robes de toutes les couleurs de l'automne : rouge, jaune, orange, vert et rose vif. Elle aurait une couronne différente pour chaque jour de la semaine.

Tandis que nous tricotions, tante Janet m'a raconté une histoire. C'était l'histoire d'un bébé qui se fait enlever par des fées. La mère est au désespoir. Une femme sage lui dit de fabriquer une cape si belle qu'elle pourra l'échanger contre son bébé. Heureusement, la mère est tisserande. Elle tisse donc une cape avec du duvet d'oie. La cape est si douce et si blanche qu'on dirait un nuage dans le ciel. Puis, avec ses cheveux blonds comme des fils d'or, la mère brode une bordure de fleurs, de fruits et de bêtes fantastiques. Les fées sont si impressionnées par la cape qu'elles ne prêtent plus attention à l'enfant, que sa mère s'empresse d'emmener. Finalement, tout se termine bien.

Tante Janet est une merveilleuse conteuse. Elle avait à peine commencé son récit que je me retrouvais dans deux mondes à la fois : à Almonte et au pays des fées. Je lui ai demandé comment elle pouvait si bien se souvenir de toutes ces histoires. Elle a répondu qu'elle les avait apprises de sa grand-mère. « On se rappelle longtemps ce qu'on entend quand on est tout petit », a-t-elle ajouté. Elle m'a parlé de sa grand-mère, c'est-à-dire mon arrière-grand-mère, qui était venue d'Écosse à bord d'un grand bateau. « Elle ne pouvait pas emporter grand-chose avec elle, mais les histoires, ça ne pèse rien. » Elle a dit qu'elle affectionnait tout particulièrement cette histoire-là parce que l'héroïne est tisserande, comme oncle James.

J'ai bien aimé la cape décrite dans l'histoire. Je pouvais la voir dans ma tête. J'ai bien aimé aussi ce que la femme sage a dit à la mère : « Ma sagesse remonte à l'aube de l'humanité, mais celle des fées remonte à la nuit des temps ». Alice aurait aimé cette histoire, elle aussi. Je me demande ce qu'elle est en train de faire, en ce moment.

Quand nous sommes rentrées chez nous, nous avons rencontré une autre famille qui habite notre maison. Elle se compose de deux personnes : mamie Whitall et son petit-fils, qui est adulte. Mamie Whitall s'occupe des tout-petits, comme les plus jeunes Campbell, pendant que leurs parents travaillent à la filature. Tante Janet dit que, même si elle est très vieille, mamie Whitall est encore une merveilleuse couturière. Elle n'a besoin d'aide que pour enfiler les aiguilles.

Il y a eu du poisson pour souper.

Il me reste encore une dernière chose à raconter sur ma journée, mais j'ai la main trop fatiguée pour continuer à écrire.

29 mai, le matin

Chère maman et cher papa,

Encore une fois, me voilà réveillée avant tante Janet et oncle James. Alors, je vais en profiter pour vous raconter la dernière partie de ma journée d'hier.

Dans la soirée, tante Janet est allée fouiller dans une malle et est revenue avec une Bible. À l'intérieur de la couverture sont inscrits les noms de personnes de la famille qui ont vécu il y a très longtemps ou tout récemment. Le premier nom que j'ai remarqué était le mien : Flore Rutherford, née en 1875. À côté, il y avait les noms de mes trois frères qui sont morts en bas âge. Au-dessus, il y avait vos noms : William Rutherford, né en 1851, mort en octobre 1881, et Sarah Dow, née en 1855, mariée à William Rutherford en 1873, morte en octobre 1881. En lisant vos noms, je me suis sentie toute triste. Je pense à vous tous les jours, mais je vous vois comme des anges. Voir vos noms inscrits dans la Bible m'a fait penser à vous encore vivants et marchant ici-bas, comme tout le monde.

Tante Janet m'a montré le nom de Martha Dow, sa grand-mère : née en 1802 à Glasgow, en Écosse, morte en 1873 dans le canton de Pakenham, en Ontario, au Canada.

« La voilà, la conteuse. »

Tante Janet m'a dit que mamie Dow connaissait encore plus d'histoires qu'il n'y a de jours dans une année. « Les histoires lui sortaient de la bouche comme l'eau d'un moulin. C'était un tout petit bout de femme, mais quand elle racontait des histoires, elle arrivait à faire taire toute une salle remplie de grands et rudes gaillards. Je crois que ses histoires lui avaient été racontées par les fées elles-mêmes. Elle disait toujours que c'était bien dommage que les fées soient en voie de disparition, à cause des grandes villes que nous construisons et qui les font fuir. »

J'ai caressé du doigt l'écriture aux belles boucles et j'ai pensé à tous ces gens du temps jadis.

Quand oncle James est rentré, il a dit que c'était soir de nettoyage des toisons. « On va te faire tremper dans du savon au crésol. Ensuite, tu seras prête à passer à la cardeuse ». Tante Janet lui a dit qu'il ne devrait pas me faire peur en parlant comme ça et m'a expliqué qu'il voulait seulement dire que c'était le soir des bains. Voilà une chose qui est comme à l'orphelinat.

Le bébé s'est remis à pleurer de l'autre côté du mur. Ce doit être un des petits Campbell qui fait ses dents. Le soleil s'est levé, alors je vais faire la même chose et me rendre utile. J'ai observé oncle James hier, et je crois que, maintenant, je sais allumer le poêle.

29 mai, le soir

Chère maman et cher papa,

Il y a tant de choses nouvelles dans ma vie que, s'il fallait que je les note toutes, je n'aurais plus le temps de vivre et je ne ferais qu'écrire! Ce matin, j'ai préparé le thé, et tout était prêt quand tante Janet s'est levée. Elle a dit qu'elle se sentait comme la reine Victoria.

Je sais que vous voudriez m'entendre parler de l'église. Tante Janet et oncle James fréquentent l'église St. John. J'ai bien aimé entrer dans l'église avec seulement ma tante et mon oncle, plutôt qu'en file, comme nous le faisions à partir de l'orphelinat, avec tout le monde qui nous dévisageait.

Hier soir, j'ai remercié Dieu de m'avoir donné ma tante et mon oncle, et ce matin, je L'ai encore remercié et Lui ai demandé de me donner la grâce d'un cœur reconnaissant.

Presque tout était comme à l'église de Kingston : les mots, les cantiques et les livrets, les filles de mon âge portant de jolies robes et, comme à Kingston, n'ayant pas l'air très sympathiques. La chose la plus surprenante et la plus différente a été le sermon. Le pasteur n'était pas celui qui est là d'habitude, selon ma tante. Son sermon portait sur une phrase de l'Évangile selon saint Luc : « L'ouvrier mérite son salaire ». Mais le pasteur n'a pas seulement parlé de l'époque de la Bible. Il a parlé du temps présent et a dit qu'il se sentait bouillir de colère quand il voyait les riches écraser leurs employés dans la poussière. Il avait une grande barbe noire qui montait et descendait de plus en plus quand il disait des choses comme : « Cette doctrine diabolique et inhumaine ». Il est très différent du révérend Pollock de Kingston, qui parlait toujours d'une voix douce et seulement à propos de l'époque de la Bible.

Sur le chemin du retour, tante Janet a dit qu'elle avait trouvé le pasteur trop dur et qu'elle espérait qu'il ne parlait pas de M. Flanagan, le propriétaire de la filature, parce que M. Flanagan est un homme bon, qui n'exploite pas ses ouvriers et qui les paie bien. Oncle James a répliqué que le pasteur avait dit des choses très sensées et que, d'ailleurs, il aimait bien entendre un sermon qui n'était pas endormant. Puis il a demandé à ma tante si elle aimait les moustaches du pasteur et s'il ne devrait pas se faire pousser une belle barbe comme la sienne? Tante Janet a dit qu'elle n'aimerait pas ça du tout parce qu'elle n'aimerait pas embrasser un homme au visage tout poilu. Je suis bien d'accord avec elle.

Dans l'après-midi, ma tante a préparé une grosse marmite de fèves au lard qui devrait nous durer toute la semaine. Elle dit qu'elle n'a pas beaucoup de temps pour cuisiner pendant la semaine, alors elle prépare toujours une grosse marmite de quelque chose, le dimanche après-midi.

Après le souper, tante Janet a dit qu'elle voulait me demander une faveur. Elle avait l'air gênée, et je n'avais aucune idée de ce que ça pouvait être. Faire une course? De la couture? Du ménage? Finalement, tout ce qu'elle voulait, c'était que je leur fasse la lecture, à oncle James et à elle. « M. Campbell a l'habitude de nous prêter son journal, a-t-elle dit. Mais James ne sait pas lire, et je ne lis pas bien à voix haute. Nous nous sommes dit que, toi, tu pourrais probablement le faire. » Elle a sorti le journal d'Almonte de derrière son dos.

Je voulais bien leur rendre ce service, mais j'étais devant un dilemme. Peut-on lire un journal, le dimanche? La directrice, elle, ne nous laissait lire que des histoires de la Bible, et un livre de récits édifiants. Je ne savais pas quoi répondre à ma tante.

Elle a tout de suite vu que quelque chose n'allait pas et m'a demandé ce que c'était, alors je le lui ai expliqué. Puis nous en avons discuté tous les trois et avons décidé que je lirais d'abord la Bible et, ensuite, le journal. Tandis que nous en parlions, tante Janet et oncle James écoutaient ce que j'avais à dire. Est-ce que c'est toujours comme ça dans une famille?

Je leur ai demandé quel passage je devais lire dans la Bible. Oncle James a répondu du tac au tac qu'il fallait lire le chapitre 6 du livre des Juges. C'est l'histoire d'un homme nommé Gédéon, et ça parle de toisons de mouton. Un peu difficile à lire, avec des noms comme « Abiézer », mais j'ai fait de mon mieux. Tante Janet a taquiné oncle James en lui disant qu'il écoutait les récits de la Bible seulement quand il y était question de moutons ou de laine. Oncle James a répliqué que ce n'était pas vrai et qu'il écoutait toujours d'une oreille. Mais quand les histoires parlent de laine ou de tissage, de pêche ou d'autre chose qu'il connaît bien, alors il écoute de ses deux oreilles. Je comprends ce qu'il veut dire. J'écoute presque toujours d'une oreille (sauf quand je suis dans la lune, comme quand il est question de la descendance de quelqu'un ou de châtiments), mais quand il est question d'un ange, mes deux oreilles se mettent à fonctionner. Les anges et les fées sont ce que je préfère dans les histoires. (Et les princesses.)

Ensuite, j'ai lu des extraits du journal. Un garçon s'est fait attaquer par un chien. Il y a eu un incendie à Irishtown. Le sirop d'érable coûte un dollar le gallon.

Oncle James dit que je lis si bien que je pourrais devenir pasteur, mais à condition de me faire pousser la barbe. Je sais qu'il le disait à la blague, mais je me suis quand même sentie très fière. Personne ne m'a jamais dit que j'étais bonne en quoi que ce soit.

Juste avant que j'aille me coucher, tante Janet a dit qu'elle devait me parler à propos de quelque chose de très important. Elle avait l'air si sévère que je me demandais si j'avais fait quelque chose de mal. Mais elle n'était pas fâchée, juste sérieuse. Elle m'a prévenue de toujours être très prudente à la filature. Les machines sont dangereuses, a-t-elle dit. « Les accidents à la filature sont toujours des accidents graves. Il suffit d'une seconde d'inattention. Promets-moi de toujours faire attention, de regarder où tu vas et de ne jamais, jamais courir. » Je le lui ai promis.

Et maintenant, au dodo. Demain, ce sera mon premier jour de travail comme leveuse de bobines. J'ai demandé à ma tante et à mon oncle de ne pas oublier de me réveiller très, très tôt. Ils ont souri et m'ont dit de ne pas m'inquiéter et que je comprendrais pourquoi, demain matin.

30 mai

Chère maman et cher papa,

Maintenant, je comprends pourquoi ce n'est pas nécessaire qu'on me tire du lit le matin. Je dormais encore profondément quand des cloches se sont mises à sonner dans mon rêve. (C'était un rêve très bizarre, dans lequel toutes mes dents tombaient. En touchant le sol, elles faisaient un petit tintement. Ce n'était pas un mauvais rêve. C'était juste bizarre.) Mais là, mes dents sont remontées dans ma bouche à toute vitesse, parce que je me suis réveillée au son des cloches. Quand tante Janet a passé la tête par le rideau, elle riait : « Bienvenue à Almonte, la ville aux cloches d'usine ».

Tante Janet a dit à oncle James qu'il devait préparer le gruau lui-même parce qu'elle avait autre chose d'important à faire. Il a fait semblant d'être fâché, mais elle ne s'en est pas occupée. Puis elle m'a tressé les cheveux. Elle a dit que je devais les porter attachés derrière pour travailler à la filature. Les cheveux qui ne sont pas attachés peuvent se prendre dans la machinerie. Elle m'a brossé et tressé les cheveux tout doucement. J'ai même failli me rendormir. Mes cheveux ont toujours été difficiles à coiffer, car ils sont épais et bouclés, et qu'ils s'emmêlent facilement. Un de mes premiers souvenirs de l'orphelinat est celui d'une infirmière qui me brossait les cheveux si brusquement que j'ai cru qu'elle allait me scalper. Elle disait que c'étaient de « vilains cheveux de gitane ». Tante Janet, elle, a dit qu'ils étaient magnifiques. Oncle James a ajouté que mes cheveux étaient comme une toison de mouton de la meilleure qualité et que j'avais intérêt à prendre garde quand je traverserais la salle de triage des toisons.

Tante Janet a fait deux tresses, puis elle les a remontées de façon à former deux anneaux. Je ne les avais jamais portés comme ça : bien tirés et, en même temps, jolis. Avec les siens, elle a fait une torsade pour former un joli chignon sur le dessus de sa tête.

Nous avons mangé le gruau (oncle James sait aussi le faire sans grumeaux). Tante Janet a ensuite mis du pain et du fromage dans trois gamelles, puis nous sommes partis. Nous avons d'abord pris le chemin qui longe la voie ferrée, avec les rails d'un côté et des hangars de l'autre. Il y avait des oiseaux qui chantaient et des fleurs dans le gazon. En débouchant dans la rue Mill, j'ai vu toute une foule de gens qui se rendaient à leur travail. Certains marchaient et parlaient avec entrain, tandis que d'autres avaient l'air endormis ou l'air de vouloir retourner se coucher. Exactement comme à l'orphelinat. Il y a des gens qui aiment se lever tôt et d'autres qui aiment se coucher tard. La directrice était comme une poule, le matin, avec le nez toujours fourré partout. La cuisinière fonctionnait à la vitesse d'une tortue. Et en plus, elle était de mauvaise humeur.

Dans la rue Mill, j'ai entendu un bruit de pas rapides derrière moi. C'était Murdo qui venait nous rejoindre. Il m'a dit que j'avais l'air d'une vraie fille d'usine, avec ma gamelle et tout le reste. Nous nous sommes arrêtés un instant sur le pont. La chute, qui grondait et bouillonnait sur les rochers, projetait dans les airs des gouttes d'eau qui scintillaient comme des diamants. Mais la cloche de la filature s'est remise à sonner, et oncle James a dit qu'il fallait nous dépêcher. Nous sommes passés devant deux usines, dans lesquelles une partie des gens sont entrés, puis devant un bâtiment peint en rouge qui était, selon tante Janet, une usine de tricot, où on fabrique des combinaisons. « On l'appelle la grosse usine rouge », a dit Murdo. Finalement, nous avons descendu une petite pente jusqu'à la filature de laine numéro 1 d'Almonte, qui est NOTRE filature.

Elle avait l'air encore plus grande, vue de près; plus grande qu'une gare et même qu'une église. Il y avait une foule de gens qui se pressaient à l'extérieur : des hommes et des femmes, et aussi des garçons et des filles très jeunes. Tante Janet a salué plusieurs personnes, et ils ont dit : « Ah! c'est elle, Flore. »

Il faut plus de temps pour écrire tout ça qu'il n'en faut pour marcher de la maison jusqu'à la filature, une distance qu'on franchit en 15 minutes. Tante Janet dit que c'est bien assez long, par un matin d'hiver sombre et glacial. Mais c'est très difficile d'imaginer l'hiver quand on est en été. Aussi difficile que d'imaginer ce qu'est la tristesse quand on est heureux. Et l'inverse est vrai, aussi. Comment ça se fait? Je n'ai pas...

31 mai

Chère maman et cher papa,

Ma lettre d'hier se terminait au beau milieu d'une phrase parce que je me suis endormie. Tante Janet m'a trouvée la tête couchée sur mon carnet. Elle a été obligée de me déshabiller et de me mettre au lit, comme un bébé. Je me rappelle que j'étais fatiguée. J'avais les bras et la tête fatigués. Les machines, qui font un bruit infernal, m'empêchaient de me concentrer sur toutes les choses nouvelles que je devais apprendre. Je suis bien décidée à tout faire comme il faut et à ne pas décevoir tante Janet. Ce soir, je ne suis pas aussi fatiguée, alors je vais terminer mon récit de la première journée de Flore.

À sept heures, une grosse cloche a sonné, et nous sommes tous entrés. Oncle James est parti de son côté, par un escalier, et Murdo et d'autres garçons sont partis en courant vers un hangar situé de l'autre côté de la cour. Tante Janet et moi nous sommes arrêtées à un bureau. Un homme portant un complet était assis là. Il m'a demandé mon nom et l'a noté dans un grand livre. Puis il a dit qu'il savait que j'allais être une bonne ouvrière parce que ma tante et mon oncle étaient d'excellents opérateurs de machines. Ensuite, il a dit que tante Janet allait m'emmener voir M. Haskin. Ma tante l'a remercié et j'ai fait la même chose. Tandis que nous montions l'escalier, j'ai demandé à ma tante si l'homme était M. Flanagan, le propriétaire de la filature. Elle a répondu en riant : « Non! Les gens comme nous ne voient pas souvent M. Flanagan, et surtout pas à sept heures du matin. C'était M. Boothroyd ».

Nous avons monté un très long escalier. Nous nous sommes arrêtées au quatrième étage, dans l'atelier de tissage où oncle James travaille. Je ne savais pas que ce serait aussi bruyant. Les grosses machines grondent et claquent sourdement. Beaucoup d'hommes et de femmes travaillaient là. J'ai aperçu mon oncle, mais il n'a pas levé la tête.

Puis nous avons monté un autre escalier et nous sommes arrivées à l'atelier de filature. La salle est vaste, avec de grandes fenêtres sur tout un côté. De longues courroies de cuir descendent du plafond et sont fixées aux machines. C'était très bruyant là aussi, mais c'était un genre de bourdonnement incessant, plutôt que des claquements. Il semblait n'y avoir que des femmes dans cette salle, et toutes ont levé la tête au moment où je suis entrée. Certaines ont souri.

Il faisait très chaud dans la salle, ce qui était agréable tôt le matin. Mais ce ne l'était plus à midi. J'ai demandé pourquoi nous ne pouvions pas ouvrir les fenêtres. Tante Janet a répondu qu'il fallait que l'air soit chaud et humide, sinon les fils casseraient. L'air était rempli de peluches de laine, comme si on était en pleine tempête de neige. La laine collait aux vêtements et aux cheveux des femmes. Si on reste là-dedans assez longtemps, on doit finir par ressembler à un mouton.

Un autre homme en complet est venu nous rejoindre : M. Haskin. Tout chez lui est mince, même le nez et les lèvres. Ma tante et lui ont discuté, mais je n'entendais pas un mot de ce qu'ils disaient. Alors je me suis contentée de hocher la tête, en me donnant des airs d'excellente opératrice de machines.

Ma tante m'a emmenée près du banc à filer. Une vraie merveille! Il y a un bâti qui est fixe et un chariot qui avance et recule sur des rails. On dirait une sorte de danse. La machine tire sur plusieurs fils à la fois, puis elle les amincit et les tord en même temps, ce qui les renforce. Autrefois, les femmes filaient avec un rouet et ne pouvaient fabriquer qu'un seul fil à la fois.

Tante Janet a parlé tout contre mon oreille pour que je puisse l'entendre. Elle m'a expliqué en quoi consistait mon travail. Je dois retirer les bobines pleines et les remplacer par des vides. Ce travail s'appelle « relevage ». Tandis que je transportais les bobines là où il fallait, dans des caisses en bois, j'ai vu une autre fillette, plus petite que moi, qui faisait le même travail. Je lui ai souri, mais elle a gardé les yeux baissés, l'air timide.

À 10 heures, une cloche a sonné très fort. C'est le moment où nous faisons une pause afin de nous reposer un peu et d'aller aux toilettes. Quand ils ont arrêté les machines, le silence était pire que le bruit. J'avais l'impression que de gros ballots de silence me bouchaient les oreilles.

J'ai rencontré les autres opératrices de banc à filer. Mme Brown a l'air sévère, avec sa bouche dont les coins sont tirés vers le bas. Elle est veuve, et ses deux fils et sa fille travaillent à la filature. Ensuite, il y a Mme Murphy et Mlle Bertha Rose, et aussi une femme souriante aux cheveux roux foncé, qui était Mme Campbell. Je l'ai deviné. Elle m'a dit : « Murdo m'a beaucoup parlé de toi. Tu as sans doute remarqué qu'il est un vrai moulin à paroles. Il ne se fatigue jamais de parler ».

L'autre jeune leveuse de bobines s'appelle Anne. Elle n'a pas grand-chose à dire.

La plus sympathique et la plus jolie des opératrices est une jeune femme, plus jeune que tante Janet, qui s'appelle Agnès Bamford. Anne et moi sommes les deux seules petites filles. La pause s'est écoulée très vite et, à la fin, M. Haskin est arrivé. De sa voix grêle, il a prononcé un petit discours à propos de l'ardeur au travail. Quand il a tourné les talons pour repartir, j'ai vu Agnès qui faisait une grimace dans son dos. Elle s'est aperçue que je la regardais et elle m'a fait un clin d'œil.

À midi, un autre son de cloche a averti les ouvriers que c'était l'heure du dîner. Nous sommes sorties avec nos casse-croûte. Il y a un jardin à côté de la filature, à l'usage des ouvriers, ainsi qu'un terrain de cricket pour les hommes. C'était tranquille à l'extérieur et ça faisait du bien de respirer de l'air frais. Murdo et d'autres garçons qui travaillent à la teinturerie ont joué à se lancer une balle. Trois filles de l'atelier de tissage parlaient entre elles. J'ai tenté de bavarder avec Anne. Je lui ai dit que la laine me faisait penser à de la neige, mais elle s'est contentée de répliquer : « Non, ce n'est pas la même chose. La neige, c'est froid ». Je ne pouvais vraiment rien répondre à ça.

Agnès est venue s'asseoir avec tante Janet et moi, et elle m'a posé toutes sortes de questions : d'où je venais, où j'étais allée, ce que j'avais vu. « Je meurs d'envie d'aller ailleurs, a-t-elle dit. N'importe où, sauf à Carp ou encore à Almonte. » J'ai remarqué que ma tante ne semblait pas bien disposée envers Agnès. Tout à fait polie, mais distante. La demi-heure m'a semblé aussi courte qu'une seconde. Mes oreilles étaient à peine débouchées qu'il nous a fallu retourner dans le vacarme infernal.

Tout s'est déroulé de la même façon jusqu'à six heures, quand une autre cloche a sonné. Celle-là faisait plaisir à entendre. Sur le chemin du retour, tante Janet m'a dit que, chaque fois qu'elle m'avait entrevue durant la journée, son cœur s'était mis à danser. « Presque tout le monde a de la famille ici, a-t-elle dit, et c'est formidable d'avoir maintenant quelqu'un de ma parenté. » Je n'ai pas été capable de le dire, mais je suis très contente d'être la parente de quelqu'un.

Aujourd'hui, les choses se sont passées à peu près de la même façon, sauf que j'ai rencontré le père de Murdo et ses six frères et sœurs : Kathleen, Percy, Archie, Willie, John et la petite Béa. Kathleen travaille dans la salle de tissage. Ils ont tous les cheveux roux, mais de nuances différentes. M. Campbell travaille à la teinturerie. Oncle James dit qu'il y emmène probablement ses enfants quand ils sont tout petits et qu'il leur trempe la tête dans la cochenille (la cochenille, c'est le rouge).

Autre chose. Il y a quelqu'un d'autre à l'usine dont j'ai oublié de vous parler. Il s'agit de Boucane, la chatte de l'atelier de filature. Elle a pour travail d'attraper les souris, pour qu'elles ne mangent pas nos casse-croûte! Elle est douce et grise, et sa langue est très râpeuse. Agnès dit que M. Flanagan pourrait très bien licencier tous les ouvriers cardeurs et se contenter de laisser Boucane carder la laine avec sa langue.

1ᵉʳ juin

Chère maman et cher papa,

Et l'ombre qui montait dans les champs du ciel bleu,
Tour à tour ramena les étoiles de feu...

Quelle jolie façon de dire que c'est la nuit, non? C'est de la poésie. Ça vient d'un poème de Henry Wadsworth Longfellow.

Dans l'atelier de filature, des opératrices ont collé, sur leurs machines, des coupures de journaux ou des textes écrits à la main. Tante Janet m'a expliqué que ce sont des poèmes, des chansons ou des cantiques que ces opératrices veulent apprendre par cœur. Nous n'avons pas le droit d'apporter des livres à la filature, mais M. Haskin n'a rien contre ces papiers collés sur les bâtis. Les journées sont ponctuées de courts moments durant lesquels on ne fait rien. Ils sont juste assez longs pour lire une ligne ou deux, mais on ne peut pas quitter son poste.

Le poème qui parle des étoiles de feu est collé sur la machine d'Agnès. Alors, chaque fois que je vais lever ses bobines, j'essaie d'en apprendre une nouvelle ligne. En voici quelques unes :

Le calme doucement s'étendit sur les plaines.
Avec le jour tomba le lourd fardeau des peines,
Et l'ombre qui montait dans les champs du ciel bleu,
Tour à tour ramena les étoiles de feu...

C'est un beau nom, Longfellow. Je me demande s'il était grand? Ce serait drôle si nos noms correspondaient à une de nos caractéristiques physiques. Le pasteur invité de l'église St. John s'appellerait M. Grossebarbe. Murdo serait Têtenfeu et moi, mon nom pourrait être Mlle Flore Friséecommunmouton. M. Haskin s'appellerait M. Népincé.

J'ai un don pour inventer des noms, à force de le faire pour les fées. Évidemment, 11 ans, c'est beaucoup trop vieux pour parler de contes de fées, surtout que je suis maintenant une ouvrière en usine, mais personne ne le sait, à part vous deux (et Alice). Mes fées préférées sont Clair-de-Lune et Rosée-du-Matin, qui sont belles et bonnes, et Pied-de-Vent, qui est méchante. Je me demande si Alice va continuer d'inventer des fées. Harriet et Ellen n'avaient pas beaucoup de temps pour jouer à faire semblant.

Je m'ennuie beaucoup d'Alice. J'essaie d'être gentille avec Anne, mais elle me semble un peu bornée. Son père travaille à l'atelier de réparations. Il est peu bavard, il a les sourcils toujours froncés et il n'a pas l'air de se préoccuper beaucoup d'Anne.

2 juin

Chère maman et cher papa,

Hier soir, j'ai fait un mauvais rêve à propos de la filature. Toutes les bobines se mettaient à se remplir de plus en plus vite, puis elles tombaient de la machine, et tous les fils s'emmêlaient. J'essayais sans relâche de les remettre en place, mais mes jambes bougeaient très lentement, comme si elles avançaient dans de la neige profonde. Ensuite, les peluches de laine qui flottaient dans l'air se sont transformées en vraie neige, et mes pieds étaient gelés. C'est alors que je me suis réveillée. J'étais très contente d'être sortie de mon cauchemar et revenue dans le monde réel. J'ai raconté ça à tante Janet, et elle a dit qu'elle faisait parfois ce même rêve, que toutes les ouvrières en filature font ce même rêve où on n'est plus capable de tenir la cadence. En nous rendant au travail, elle nous a raconté, à oncle James et à moi, une histoire très drôle. C'est un homme qui a une marmite à gruau enchantée, d'où le gruau s'échappe en bouillonnant parce qu'il a oublié la formule magique qui le ferait arrêter de bouillir. Le gruau se répand partout dans les rues. Oncle James s'est mis à débiter toutes les expressions qu'il connaissait pour dire « arrêter », comme : « Ça suffit », « Ça va faire » ou « Attends que je t'attrape, satané gruau! » Oncle James est un vrai boute-en-train, même tôt le matin.

Plus tard, une fois la journée de travail terminée et alors que nous sortions tous de la filature et rentrions chez nous, je nous voyais comme une rivière de gruau enchanté.

Voici la strophe du jour :

Le bonheur du moment: rires, pleurs et couplets,
Sur le deuil du passé renvoyait ses reflets.
On causait avec verve, et le front des convives
Semblait s'illuminer de lumières plus vives
Que celles qui flottaient au sombre firmament.

Je crois que Longfellow est un bon poète. Parfois, je me sens envahie par un sentiment de tristesse, mais pas aujourd'hui, car c'était une bonne journée.

C'était aussi une journée instructive, car j'ai appris à rescaper une tortue. En rentrant à la maison, nous avons trouvé une grosse tortue hargneuse sur le chemin qui longe la rivière. Ce sont des créatures bizarres, sorties du fond des temps, avec des griffes comme celles des ours. Mon oncle a dit qu'elle cherchait probablement un emplacement pour faire son nid et qu'elle n'arriverait jamais à traverser la route, avec tous les chevaux et toutes les voitures. Il l'a donc ramassée et l'a portée jusqu'à l'autre côté de la route. « Tu dois la saisir à deux mains, par l'arrière, avec sa queue entre tes deux bras. Et fais bien attention de ne pas t'approcher de son bec », a-t-il dit. Je m'en souviendrai, si jamais je décide d'aider une tortue hargneuse à traverser la route. Mais je ne le ferai probablement jamais.

3 juin

Chère maman et cher papa,

Tante Janet est la personne la plus gentille au monde. Pas gentille comme les bienfaiteurs de l'orphelinat, mais attentionnée et pleine de joie de vivre, ce qui est bien différent. Ce soir, nous étions occupées à laver des vêtements, et elle a remarqué mes culottes faites de sacs de farine. C'est ce que nous utilisions à l'orphelinat pour fabriquer nos sous-vêtements. Les sacs sont faits de bonne grosse toile solide, et certains ont même de jolies couleurs. Mais d'autres portent des inscriptions, et on aura beau les laver des centaines de fois et les mettre à blanchir au soleil, les lettres ne s'effaceront jamais. Je me suis donc retrouvée avec une culotte qui portait une inscription un peu embarrassante.

Quand ma tante l'a vue, elle n'a pas ri. Elle a simplement dit que c'était bien dommage d'avoir quelque chose comme So-Big Flour (ça veut dire « farine vraiment grosse ») inscrit sur sa culotte, mais qu'heureusement, personne ne pouvait le voir. Alors il a bien fallu que je lui raconte la fois où, en me rendant au magasin, j'avais glissé sur la glace et, avant que je puisse rabattre ma jupe, le méchant garçon qui aidait le charbonnier avait vu l'inscription So-Big Flour et s'était moqué de moi. J'aurais aimé disparaître sous terre. Tante Janet a dit qu'il n'y avait pas plus méchant qu'un garçon méchant. Et nous avons continué notre lessive. Puis elle a dit : « Tu sais, les choses auraient pu être pires. Imagine si l'inscription avait été : La meilleure moulée à cochons! » Nous avons ri à en pleurer. Tante Janet a dit que nous devrions arrêter, sinon l'eau de la lessive deviendrait salée, mais nous n'avons pas pu.

Après la lessive, j'ai fait la lecture des journaux à voix haute. J'ai lu des choses sérieuses et ennuyantes. Puis j'ai lu que M. Gomersill avait fait installer un téléphone Bell et qu'il y avait maintenant 21 abonnés au central téléphonique d'Arnprior. Ensuite, j'ai lu un article au sujet d'un homme qui avait deux femmes. Quand les femmes s'en sont rendu compte, elles se sont entendues pour l'attaquer avec une hache et un manche à balai. Oncle James a demandé à tante Janet ce qu'elle ferait si jamais elle découvrait qu'il avait une autre femme. Elle a répondu qu'elle le mettrait dans un canot sans aviron et le pousserait sur la rivière Mississippi. Il a dit que ça ne lui semblait pas très effrayant, alors elle a précisé qu'elle le ferait juste en haut de la chute.

4 juin

Chère maman et cher papa,

Aujourd'hui, c'était jour de paie, et nous ne travaillions qu'une demi-journée. Nous avons fini à midi, puis nous nous sommes présentées au bureau du chef de la paie. Je n'ai rien reçu, bien sûr, parce que je suis encore en apprentissage. Mais tante Janet a déclaré que je l'avais beaucoup aidée et m'a donné 20 cents, en me disant que je pouvais acheter ce que je voulais. Je savais déjà ce que je voulais. Je me suis rendue au magasin général. J'ai acheté un sachet d'aiguilles à broder, puis après avoir longtemps réfléchi et hésité, j'ai acheté trois écheveaux de fil : du vert pomme, du rose et du bleu myosotis.

En rentrant à la maison, j'ai eu très peur. Un manchot assis devant les écuries de louage et accompagné d'un vieux chien très maigre a crié très fort d'une voix furieuse quand je suis passée près de lui. J'ai failli laisser échapper mes emplettes. Oncle James m'a dit que son nom était Barney. Il a perdu son bras dans un accident à la filature, il y a des années de ça. Après l'accident, sa jeune fiancée ne voulait plus de lui. Il est devenu de plus en plus amer et, aujourd'hui, il ne parle plus; il se contente de crier. Le propriétaire des écuries lui fournit un lit et de la nourriture. Oncle James dit qu'il est inoffensif, mais, à l'avenir, je vais marcher de l'autre côté de la rue.

5 juin

Chère maman et cher papa,

Aujourd'hui, un sentiment de tristesse m'a envahie. Je me suis réveillée tôt ce matin, et j'ai voulu boire de l'eau dans une des jolies tasses à thé. Mais en la prenant, je l'ai cognée contre l'étagère, et la soucoupe s'est brisée. Elle n'est pas en miettes, mais en regardant de près, on peut voir une fêlure. Tante Janet n'a que deux tasses comme celle-là. Elles ont un motif de tournesols orangés et de la dorure sur le rebord. Maintenant, l'une d'elles est abîmée. Je ne voulais pas avouer que je n'avais pas fait attention, alors j'ai remis la tasse et la soucoupe sur l'étagère. La prochaine fois que ma tante s'en servira, est-ce qu'elle va le remarquer? Est-ce qu'elle va savoir que c'est ma faute? Je ne fais pas attention et je suis sournoise. Je ne suis plus capable d'écrire quoi que ce soit à ce sujet.

5 juin (plus tard)

Chère maman et cher papa,

Pendant tout l'office à l'église, je ne pouvais penser à rien d'autre qu'à la soucoupe. Chaque prière et chaque lecture semblaient s'adresser à moi. Je n'ai même pas pu apprécier les cantiques. Le pasteur habituel était de retour. Il s'appelle le révérend Parfitt. Il est jeune et il n'a ni barbe ni moustache. Le sermon n'était pas aussi intéressant que celui de la semaine dernière, et j'étais incapable de l'écouter. Tout ce que j'avais dans la tête, c'était que ma tante et mon oncle allaient être très fâchés et qu'ils me renverraient à l'orphelinat. Quand nous sommes sortis de l'église, il pleuvait, et il me semblait que quelqu'un, là-haut, cherchait à me punir.

Après le dîner, oncle James est sorti je ne sais où, et j'étais effrayée à l'idée que tante Janet suggère que nous prenions le thé dans les jolies tasses. En même temps, j'espérais qu'elle le ferait puisque, ainsi, le problème serait réglé. Quand elle m'a finalement demandé si je voulais du thé, j'ai éclaté en sanglots. À l'orphelinat, je parvenais toujours à ne pas pleurer, mais toute la gentillesse dont je suis entourée ici, à Almonte, m'a ramollie.

Je lui ai donc tout raconté. Elle a regardé la soucoupe et a dit que je ne devais pas me tourmenter avec ça, car elle allait me montrer un truc miraculeux pour réparer la porcelaine fendue. Elle a mis la soucoupe dans une casserole de lait qu'elle a posée sur le feu. « Nous allons la faire mijoter pendant quelques heures, et tout va s'arranger », a-t-elle dit. Et ça a marché! On ne peut même pas voir qu'elle était fêlée. Et mon cœur n'est plus brisé, lui non plus.

6 juin

Chère maman et cher papa,

J'ai appris encore quelques lignes du poème de Longfellow :

Des cheveux emmêlés effleuraient ses sourcils,
Et son œil laissait voir la trace des soucis.
Son âme était bercée au vent de la tristesse.

Je crois que ça parle de gros chagrins et de petits chagrins. Mais aujourd'hui, ça ne me concerne pas, car je me suis bien débrouillée au travail. M. Haskin m'a confié une autre tâche. Parfois, quand le chariot s'écarte du bâti, un des fils se rompt. Je dois alors suivre le chariot dans son mouvement de retour vers le bâti, prendre les deux bouts du fil et les réunir en les tordant. Cette opération s'appelle rattachage. Ce que j'aime de cette tâche, c'est que je ne sais jamais quand je devrai intervenir, alors c'est moins ennuyant que de lever les bobines. Ce que je n'aime pas, c'est que je ne sais jamais quand je devrai intervenir, alors je dois rester plus attentive à mon travail. Mais je suis contente d'avoir cette nouvelle tâche. Tante Janet dit que j'ai de quoi être fière de moi, car j'ai montré que j'étais une bonne ouvrière en une semaine seulement.

Anne est plus silencieuse que jamais. Je crois qu'elle est contrariée à cause de ma nouvelle tâche. Je ne sais pas trop quoi faire.

Signé : Votre fille, Flore Rutherford, leveuse de bobines et rattacheuse.

7 *juin*

Chère maman et cher papa,

Boucane a disparu. Pendant toute la matinée, je m'attendais à la sentir se frotter contre mes jambes. À la pause, j'ai demandé aux femmes de l'atelier de tissage si elles l'avaient aperçue, mais non. Elle n'a pas montré le bout du nez de toute la journée. Je connais Boucane depuis une semaine seulement et j'y suis déjà très attachée. J'ai toujours voulu avoir un chat. Un jour, à l'orphelinat, Ellen McAnally a trouvé un chaton abandonné, mais la directrice n'a pas voulu qu'on le garde. Nous avions promis de nous en occuper et de lui donner une partie de notre nourriture, mais elle a dit que ce serait trop compliqué. Je sais que ce n'est pas bien de haïr quelqu'un, mais ce jour-là, je haïssais la directrice.

L'autre nouvelle du jour nous est venue d'Agnès. Elle l'a appris par sa cousine, qui est ouvrière fileuse à l'usine de Sherbrooke. Nous allons avoir la visite de membres d'une commission formée par le gouvernement fédéral. Ils vont nous poser des questions, puis écrire tout ça dans un gros rapport que le premier ministre lira.

Nous avons demandé à Agnès quel genre de questions ils allaient nous poser. Elle a répondu qu'ils nous interrogeraient à propos de nos salaires, nos heures de travail, etc.

Elle dit qu'ils vont s'entretenir avec chacun de nous et qu'ils vont tout mettre par écrit. Mme Brown a ricané, puis elle a dit : « Parler à des gens comme nous? Ça arrivera le jour où les poules auront des dents! » Je crois que Mme Brown a raison. Ils vont certainement parler à M. Flanagan, ou peut-être à M. Haskin, mais je ne pense pas que le premier ministre voudra lire quelque chose à mon sujet. M. Flanagan leur offrira sûrement le thé dans son bureau et nous ne verrons pas le bout de leur nez.

Oncle James dit qu'il aimerait bien que les commissaires prennent le temps de rencontrer Bessie Murphy. Quand je lui ai demandé pourquoi, il s'est contenté de lever les yeux au ciel. Alors, à l'heure du dîner, j'en ai parlé aux trois filles de l'atelier de tissage, et elles m'ont raconté toute l'histoire. Bessie Murphy est la responsable de la salle où travaille oncle James et elle est très méchante avec Lizzie Bruce. À ce qu'il paraît, Lizzie Bruce est la cousine de Mary Bruce, et Mary Bruce a volé l'amoureux de Bessie Murphy. Alors, quand il y a un problème avec le métier à tisser de Lizzie, Bessie met beaucoup de temps à aller démêler les fils. Ça retarde Lizzie et ça empoisonne l'atmosphère dans toute la salle. Mais je ne pense pas que le premier ministre voudra entendre parler de ça.

8 juin

Chère maman et cher papa,

J'apprends beaucoup de choses en faisant la lecture de *La Gazette d'Almonte* à oncle James et tante Janet. Le journal paraît le vendredi et nous dure toute la semaine. Ce soir, j'ai lu un article à propos des préparatifs pour le jubilé de la reine Victoria. Cette année, ce sera le cinquantième anniversaire de son règne. Elle gouverne l'Empire britannique, qui comprend 250 millions de personnes. Dans le journal, on dit qu'elle nous donne l'exemple à tous, en « ne tolérant rien de ce qui est antagonique à une vie pure ». Nous en avons mis du temps à comprendre cette phrase, même après avoir réussi à comprendre le mot « antagonique ». Finalement, je me suis dit qu'elle devait ressembler un peu à Mme Brown, qui ne tolère pas les hommes comme Frank Coleman, qui sont très grossiers envers les ouvrières. Sauf que l'intolérance de la reine Victoria couvre le monde entier. Oncle James dit que ça finit par faire pas mal d'intolérance. Dans le journal, on dit aussi que nous avons de la chance de vivre à une époque si favorisée, avec les progrès qui sont réalisés.

À Almonte, le jubilé sera célébré le 21 juin. On planifie de grands événements, comme un défilé, des compétitions sportives et des concerts. Puis est venue la nouvelle la plus intéressante. Dans le journal, on dit que M. Flanagan va fermer la filature de laine numéro 1 d'Almonte durant la journée entière, afin que tout le monde puisse assister aux célébrations.

J'ai appris une autre strophe du poème de Longfellow :

Je t'en prie, lis-moi un poème,
Une pièce brève et bien sentie,
Qui sache apaiser mon tourment
Et chasser le souvenir de ce jour.

9 juin

Chère maman et cher papa,

C'est facile de rêvasser au travail. Notre esprit est complètement coupé du monde extérieur à cause du bruit. Parfois, j'imagine que je suis montée sur un cheval qui galope à côté d'un train roulant à toute vitesse. D'autres fois, je m'imagine habitant dans une splendide demeure, vêtue d'une magnifique robe de soie et passant mes journées à arranger des bouquets de fleurs ou à lire des poèmes. Ou encore, j'imagine que je suis une fée qui va un peu partout afin d'améliorer le sort de tout un chacun, grâce à ses pouvoirs magiques. Je vole auprès de Rosée-du-Matin quand elle transforme les rayons du soleil en or qu'elle donne à tous les mendiants, et avec Clair-de-Lune quand, durant la nuit, elle guérit les malades en les touchant de sa baguette magique.

Dans tous ces rêves, il y a une famille : une famille qui va à cheval, une famille riche et une famille de fées.

10 juin

Chère maman et cher papa,

Agnès avait autre chose à raconter à propos des commissaires. Elle dit qu'elle va leur faire part de toutes nos récriminations. Et quand le premier ministre va lire leur rapport, il va s'assurer que justice sera faite. Elle dit qu'elle va leur expliquer que, lorsqu'on est en retard, on nous empêche d'entrer dans la filature. Elle va aussi leur raconter la fois où un ouvrier a lancé une bobine par-dessus la cloison qui sépare les toilettes des hommes de celles des femmes, qu'elle est sûre que c'était Frank Coleman et que, d'ailleurs, la cloison n'est pas assez haute.

C'en était trop pour Mme Braidwood, la tisserande. « Tu ne vas pas parler des toilettes aux commissaires, quand même ! » a-t-elle dit. Mais Agnès a pris son air buté et a dit qu'elle le ferait parce qu'il devrait vraiment y avoir des toilettes juste pour les femmes à l'autre bout de la salle. Ainsi, nous ne serions plus obligées d'endurer les grossièretés des hommes.

Aujourd'hui, j'ai appris une autre strophe de mon poème.

Les nids harmonieux, sont semblables aux bardes
Qui venaient, chevelus, chanter dans les mansardes,
Aux druides sacrés dont la lugubre voix
S'élevait, prophétique, au fond des vastes bois.

11 juin

Chère maman et cher papa,

C'est jour de paie, et j'ai reçu 1,60 $! Nous avons fait la queue devant le bureau du chef de la paie, et il nous a remis notre argent. J'ai signé mon nom dans son registre, qui est posé sur un bureau surélevé. Le chef de la paie est un homme jovial. Je suppose que, lorsqu'on a pour tâche de donner de l'argent aux gens chaque semaine, on ne peut pas s'empêcher d'être heureux. Quand mon tour est arrivé, il m'a demandé si je savais écrire. J'ai dit que oui, puis je me suis bien appliquée à signer mon nom.

Sur le chemin du retour, avec mes pièces de monnaie dans la poche de mon tablier, j'ai vu des écolières qui sautaient à la corde. J'aime bien sauter à la corde et, l'espace d'un instant, j'ai voulu être avec elles, en train de jouer. Elles portaient de très jolies robes. Puis j'ai regardé les fleurs de mon tablier et j'ai fait sonner mes pièces de monnaie dans ma poche. Ces filles ne sont que des enfants, tandis que moi, je suis ouvrière à la filature, même si je dois monter sur une caisse à bobines pour pouvoir signer mon nom dans le registre de la paie.

Si seulement vous pouviez voir ce que je suis devenue! Peut-être que vous me regardez de là-haut et que vous le voyez.

Oncle James et moi avons remis notre argent à tante Janet, qui s'occupe de payer le loyer et d'acheter tout ce qu'il nous faut.

12 juin

Chère maman et cher papa,

Aujourd'hui, pendant que nous étions à l'église, Alice m'a soudain beaucoup manqué. Je m'ennuie des moments où elle était assise à côté de moi, où nous cousions ensemble le dimanche après-midi, où je lui parlais de Rosée-du-Matin et de Pied-de-Vent. Tante Janet est très gentille. Murdo est drôle. Agnès est formidable. Les trois filles de l'atelier de tissage sont tout à fait correctes, en particulier quand nous parlons de la disparition de Boucane. Mais aucun d'entre eux ne remplacera jamais une véritable amie.

13 juin

Chère maman et cher papa,

Aujourd'hui, tout allait de travers. Je soupçonne Pied-de-Vent d'être derrière tout ça. J'ai fait brûler le gruau et j'ai dû récurer la casserole et tout recommencer. Un bouton de ma robe est tombé juste au moment où j'étais presque prête à partir. J'ai dû le recoudre et cela m'a mise encore plus en retard. Oncle James s'est impatienté et il est parti sans nous. Puis juste au moment où tante Janet et moi sommes arrivées au bout de la rue Mill, j'ai soudain eu besoin d'aller aux toilettes de toute urgence. La maison était plus près que la filature, alors j'ai dit à ma tante de continuer sans moi et que j'allais la rattraper. J'ai couru le plus vite que j'ai pu, dans les deux sens, mais quand je suis arrivée à la filature, la cloche ne sonnait plus et la porte était fermée. J'ai jeté un coup d'œil à l'horloge au-dessus de la porte : il était sept heures trois. Je me suis rappelé le règlement : si on est en retard, la porte reste fermée jusqu'à sept heures dix, et on perd une partie de son salaire. Je me sentais vraiment honteuse, à faire le pied de grue en attendant qu'on m'ouvre et qu'on inscrive mon nom dans le registre. Quand je suis arrivée dans l'atelier de filature, Agnès m'a fait un clin d'œil, ce qui était gentil de sa part, mais on aurait dit qu'à l'instant même, le diable avait envahi la salle. Une machine s'est enrayée, les fils semblaient se casser toutes les secondes, je n'arrivais pas à tenir la cadence avec ma levée des bobines et, dans l'énervement du matin, ma tante et moi avions toutes les deux oublié notre casse-croûte. À midi, j'ai couru jusqu'à la maison pour les prendre, mais ensuite, nous n'avons plus eu que quelques minutes pour avaler notre dîner et, tout l'après-midi, je me suis sentie comme si j'avais des roches dans l'estomac.

Tous mes ennuis de ce matin m'ont donné l'impression d'être retournée à l'orphelinat. Là-bas, j'avais souvent des ennuis parce que les petits avaient fait des bêtises. Je déteste avoir des ennuis, mais au moins, ici, je ne me fais pas réprimander à cause de quelqu'un d'autre. À la fin de la journée, même si je suis complètement épuisée, il n'y a que tante Janet, oncle James et moi, et un autre endroit où aller.

Où est donc passée Boucane?

14 juin

Chère maman et cher papa,

Boucane a refait surface... avec des chatons! Elle s'était fait un petit nid dans le caisson à laine. Entre mes tournées, je suis allée les voir. Il y en a quatre. Ils sont tout petits et si mignons! Ils ont les yeux fermés et les oreilles rabattues sur le crâne. Il y en a deux tigrés, un tout gris et un autre de toutes les couleurs qu'on peut voir sur un chat. Ce dernier m'a léché les doigts. Demain, je vais apporter un peu de crème pour Boucane.

15 juin

Chère maman et cher papa,

Je suis la petite fille la plus heureuse de tout le comté de Lanark. J'ai un chaton à moi toute seule. Alléluia!

Quand la journée a commencé, on n'aurait jamais pu deviner qu'elle allait si bien se terminer. Voici ce qui est arrivé.

À la fin de l'après-midi, Boucane s'est prise dans le banc à filer. Je l'ai aperçue la première. Je la voyais tout empêtrée dans la laine et je savais qu'elle allait se faire mal. J'ai crié, mais sur le coup, personne ne m'a entendue à cause du vacarme. Puis Agnès m'a vue sautiller sur place et elle est venue arrêter la machine. Ensuite, M. Haskin est arrivé et a demandé pourquoi Agnès et moi avions fermé la machine. Quand elle lui a raconté ce qui était arrivé à Boucane, qui avait déjà eu le temps de sauter en bas et de se sauver, M. Haskin était si furieux que le bout de son nez est devenu tout blanc. Puis il a dit que les chats étaient une plaie et qu'il fallait noyer Boucane dans la rivière. Il a dit qu'il enverrait un garçon avec un grand sac.

Quand M. Haskin est parti, personne n'a eu besoin de dire quoi que ce soit. Si M. Haskin était prêt à noyer Boucane, qui est presque une ouvrière à part entière dans notre atelier, alors qu'allait-il faire avec les chatons? Mme Murphy a trouvé un panier. Agnès a retiré son tablier. Je suis allée chercher les chatons dans le caisson. J'ai retrouvé Boucane dans sa cachette habituelle. Nous les avons tous installés dans le panier. Le chaton de toutes les couleurs ne voulait pas y entrer et m'a griffé la main. Puis tante Janet a emballé avec soin le panier dans le tablier, et nous l'avons caché dans les toilettes. Nous étions toutes de retour à nos postes quand Fred, de l'atelier de finition au mouillé, est arrivé avec un sac de jute. Mme Brown, qui est sa tante, lui a dit de mettre des pierres dans le sac et de le jeter à la rivière. Elle était très autoritaire.

Durant tout le reste de la journée, il y a eu beaucoup de protestations de la part des chats enfermés dans les toilettes. M. Haskin n'a pas remontré le bout de son nez.

Quand la cloche a sonné l'heure de la fermeture, tante Janet m'a regardée et a dit : « Crois-tu que nous pourrons nous occuper de cinq chats? »

Comment a-t-elle su que je voulais tant avoir un chaton?

Nous sommes rentrées avec Mme Campbell, Murdo et Kathleen. J'ai transporté le panier plein de chatons, et Kathleen a pris Boucane dans son tablier. La chatte n'a pas bougé d'un poil. Quand nous sommes arrivés chez nous, nous avons emmené Boucane et ses chatons à l'arrière de la maison, où il y a une petite remise délabrée. Murdo a trouvé une boîte, et tante Janet, un vieux bout de couverture. Moi, je suis allée chercher un bol de lait.

Je sais déjà que je veux garder pour moi le chaton de toutes les couleurs. Mme Campbell dit qu'elle va pouvoir trouver des familles d'adoption pour tous les autres parce qu'elle a l'habitude des grosses familles. Les chatons doivent tous rester avec Boucane pendant encore quelques semaines afin qu'elle leur apprenne comment vivent les chats.

Quand oncle James est rentré et qu'il a appris toute l'affaire, il a dit que nous étions polissonnes d'avoir ramené toute cette troupe à la maison, mais il est aussitôt ressorti pour aller les voir.

Mon chaton va avoir besoin d'un nom. Lequel? Un nom qui le décrit? Le prénom de quelqu'un que j'aime? Ou de quelque chose que j'aime? Barbouille? Bernard? Babeurre?

16 juin

Chère maman et cher papa,

Je suis allée voir les chatons au saut du lit, ce matin. Leurs yeux sont ouverts, et je crois que le chaton tout bariolé sait déjà qu'il est à moi. Il m'a fixé des yeux. Tandis que je regardais Boucane qui leur donnait leur déjeuner, j'ai trouvé un nom parfait pour lui : Mungo. C'est un mot que j'ai appris à l'usine. Le baril où sont entassées toutes les petites retailles de tissu s'appelle « baril de Mungo ». C'est tout à fait lui : il est comme une petite retaille qu'on aurait mise au rebut. En route vers la filature, je l'ai dit à Murdo, et il a répliqué que ce nom ressemblait trop au sien. Mais je lui ai dit qu'à peu près tout le monde sait faire la différence entre un garçon et un chaton et qu'il n'y aurait probablement jamais de problème. Et là, il a serré les poings, s'est mis à les lécher, puis à s'en servir pour se nettoyer la figure. Il est vraiment la personne la plus drôle que j'aie jamais rencontrée.

17 juin

Chère maman et cher papa,

Au dîner, je me suis assise avec Agnès, et elle m'a encore raconté des choses à propos des commissaires qui doivent venir ici. C'est quelque chose d'inquiétant. Elle dit qu'ils sont à la recherche d'enfants qui sont trop jeunes pour travailler. Selon elle, les filles doivent avoir au moins 14 ans pour travailler à la filature. Elle dit que je suis dans l'illégalité. Que devrais-je faire?

M. Boothroyd ne m'a jamais demandé quoi que ce soit à propos de mon âge, quand il m'a engagée. Je n'ai pas menti. Si je dis la vérité aux commissaires, je vais très probablement perdre mon travail. Et alors, je suis sûre que je devrai retourner à l'orphelinat. Je ne veux pas. C'est impossible. J'aurai le cœur brisé si je dois quitter ma tante, mon oncle et Almonte.

Je pourrais dire que j'ai 14 ans. Je suis grande pour mes 11 ans. Mais je sais que ce n'est pas bien de mentir.

Je ne peux pas en parler à ma tante. Je ne veux pas lui causer du souci. J'ai demandé à Agnès de ne pas lui en parler. Mais que va-t-il arriver à Anne et aux trois filles de l'atelier de tissage? Et à Murdo et aux autres garçons?

J'ai pensé à l'histoire de la cape magique. J'aurais besoin d'avoir la sagesse des fées qui remonte à la nuit des temps, car je ne sais vraiment pas ce que je devrais faire.

18 juin

Chère maman et cher papa,

C'est jour de paie, et j'ai perdu 10 cents à cause de mes trois minutes de retard de lundi dernier! Tante Janet dit qu'elle n'est pas souvent d'accord avec Agnès, mais elle trouve, elle aussi, que ce n'est pas très juste de nous empêcher d'entrer quand nous sommes en retard d'à peine quelques minutes. Je croyais qu'elle ne me donnerait pas mes 20 cents, mais elle l'a quand même fait. J'ai acheté du foie pour Boucane et un mouchoir de coton.

Les chatons grandissent vite. Ils font beaucoup de bruit pour de si petites créatures. C'est impossible de regarder jouer des chatons et d'avoir le cœur triste, alors j'ai décidé de ne plus penser à la visite des commissaires. Toute la ville se prépare pour la grande fête du jubilé. Ce soir, je suis passée devant le terrain de la foire et j'ai vu une fanfare qui s'exerçait à marcher au pas, et des hommes qui construisaient des arches dans la rue Mill.

Il y a un feuilleton dans le journal. Il s'intitule « L'hôtel hanté », et l'auteur est Wilkie Collins. C'est l'histoire d'une femme qu'on appelle « la comtesse », une aventurière européenne de réputation « plus que ténébreuse ». Tante Janet a dit que ce n'était peut-être pas convenable que je lise ça, mais oncle James a répliqué que j'étais intelligente et qu'il était sûr que je saurais m'arrêter de lire dès que ça deviendrait peu convenable.

19 juin

Chère maman et cher papa,

Aujourd'hui a été une très belle journée. À la sortie de l'église, Kathleen, Murdo et moi sommes allés marcher le long de la rivière, en direction d'Appleton, vers le sud. Nous avions emporté du pain et du fromage. Nous avons trouvé un endroit peu profond où barboter. Murdo a sorti sa canne à pêche, mais il n'a pas attrapé un seul poisson. Kathleen et moi avons tressé des guirlandes de marguerites, puis nous avons regardé les nuages passer. Clair-de-Lune,

Rosée-du-Matin et Pied-de-Vent peuvent se rendre invisibles en changeant de couleur : brun comme l'écorce des arbres, jaune comme le cœur de la marguerite, vert sombre comme l'eau de la rivière, vert tendre comme l'herbe nouvelle, bleu comme le martin-pêcheur ou translucide comme l'air qu'on respire. Voilà pourquoi on ne les voit jamais.

Kathleen m'a demandé ce que je pensais de Fred de l'atelier de finition au mouillé. J'ai dit que je le trouvais gentil, et aussi très courageux d'avoir désobéi à M. Haskin à propos des chatons. Puis Murdo s'est mis à taquiner Kathleen en disant qu'elle avait le béguin pour Fred. J'ai tout de suite vu que Kathleen n'était pas d'humeur à se faire taquiner, alors j'ai mis fin aux taquineries de Murdo en lui demandant ce que c'était, la finition au mouillé. Il a mis beaucoup de temps à m'expliquer que le tissu nouvellement tissé est nettoyé à fond, mis à tremper, foulé, tordu, puis écrasé entre deux rouleaux. Quand il a fini ses explications, il avait complètement oublié Fred. Il est parti se promener, et Kathleen et moi avons eu une bonne discussion. C'est vrai qu'elle a le béguin pour Fred, mais elle pense que, lui, ne l'a pas pour elle.

J'adore me prélasser. J'adore être dehors. J'adore les choses qui m'entourent, comme les oiseaux, les arbres, les nuages, le soleil, la vase qui me passe entre les orteils. Et j'aime que certaines choses ne soient pas là, comme les cloches, les horloges, le bruit des machines, la poussière, les chefs d'ateliers, les bobines et les plafonds.

J'ai passé la soirée à broder une bordure à mon nouveau

mouchoir. Le résultat n'est sûrement pas assez beau pour plaire aux fées, mais presque.

20 juin

Chère maman et cher papa,

Demain, c'est le jubilé! J'ai tellement hâte. On dirait qu'il y a plus d'heures dans la journée et plus de bobines que d'habitude, aujourd'hui. J'ai appris une autre strophe de mon poème. Ainsi, j'ai autre chose dans la tête que « Combien d'heures encore avant demain? »

> *Oui, tels furent les bruits, dans ces heures obscures*
> *Où, rompant leurs liens et broyant les clôtures,*
> *Les troupeaux effrayés, d'un même mouvement,*
> *Sur les prés, au hasard, s'enfuirent follement.*

21 juin

Chère maman et cher papa,

La journée d'aujourd'hui restera gravée dans ma mémoire pour le restant de mes jours. C'était sublime. Si la reine Victoria avait été à Almonte, elle aurait été étonnée. L'un des messieurs importants qui ont fait des discours a dit que nulle part ailleurs au Canada, son jubilé n'était célébré avec autant d'enthousiasme et de loyauté que dans notre ville d'Almonte.

Je vais essayer de vous décrire cette journée par écrit, mais, même si j'étais Wilkie Collins, je n'arriverais pas à tout vous raconter.

Je me suis levée tôt. Ma tante et mon oncle ont fait la grasse matinée, mais moi, j'étais incapable de rester couchée par une journée pareille. Même aussi tôt dans la journée, une foule joyeuse et tout endimanchée avait envahi la ville. Des gens venus en train depuis la campagne, un peu plus au nord, sont arrivés à trois heures du matin! Les rues ne ressemblaient à rien de ce que je connaissais. On aurait dit un lieu magique. C'était un beau matin ensoleillé, et des drapeaux flottaient sur tous les bâtiments, claquant au vent. Des arches garnies de fleurs et de verdure enjambaient la rue. Des lanternes chinoises et des banderoles étaient accrochées un peu partout. J'avais l'impression de n'avoir pas assez de mes deux yeux pour tout regarder.

Des gens de la campagne m'ont demandé leur chemin et, bien sûr, je savais par où il fallait passer. Je suis comme sortie de mes souliers et me suis regardée en me disant : « Elle est d'Almonte! » Je me sentais toute fière : d'Almonte, de moi-même, de la reine Victoria et de l'Empire britannique tout entier!

À six heures du matin, toutes les cloches de la ville se sont mises à sonner... toutes les cloches des usines, et nous n'avions pas besoin de nous y rendre! Au même moment, une salve d'honneur a été tirée à Bay Hill. Ce tintamarre a sûrement dû réveiller ma tante et mon oncle et tous les autres paresseux.

Je me suis rendue au terrain de la foire pour voir les préparatifs du défilé et là, j'ai retrouvé Murdo. C'était grandiose. Murdo voulait aller voir de près la machine à vapeur des pompiers. Les pompiers le chassaient chaque fois, mais ils le faisaient sans se fâcher. Il y avait des tonnes d'écoliers, la plupart habillés en blanc, qui portaient de petits drapeaux. Murdo en a pris un pour moi, et j'étais bien contente de l'avoir pour saluer la reine Victoria. Quand le défilé a été prêt à se mettre en marche, Murdo m'a soudain attrapée par le bras et entraînée à l'écart. Il m'a dit qu'il avait le meilleur poste d'observation, que personne d'autre ne connaissait. Nous avons couru à travers la foule. Une véritable marée humaine! Finalement, son meilleur poste d'observation, c'était un arbre. Murdo m'a fait la courte échelle, puis je lui ai tendu la main pour l'aider à grimper. Il y avait deux branches très confortables pour s'asseoir. La reine Victoria elle-même n'aurait pas pu avoir une meilleure vue. (Mais je ne pense pas qu'elle grimpe aux arbres, car les reines n'en ont probablement pas la permission et, de toute façon, dans l'illustration du journal, elle a l'air d'avoir de l'embonpoint.)

Tous les instruments de cuivre bien briqués du comté de Lanark étaient sans doute réunis à Almonte, en cette journée. Du haut d'un arbre, on peut voir jusqu'au fond d'un tuba. Il y avait beaucoup de musique militaire, c'est sûr. Il y avait des bannières aux franges et aux glands dorés, sur lesquelles on pouvait lire « Jubilé de Victoria » et « Le Canada, notre patrie ». Il y avait des uniformes de satin et des centaines d'écoliers. Murdo a failli tomber de l'arbre quand la machine à vapeur des pompiers est passée, tirée par quatre énormes chevaux. Les chevaux ont aussi l'air très beaux, vus du haut d'un arbre. Un char du défilé transportait une machine à coudre, et il y avait même quelqu'un assis à la machine, en train de coudre. Il y avait aussi une batteuse à grain, une lieuse et une mitrailleuse.

Une chose bizarre. Quand la machine à vapeur est passée, je me suis mise à regarder tout autour afin de m'assurer que les petits ne couraient aucun danger, comme si j'avais encore été à l'orphelinat, chargée de m'en occuper. Puis je me suis souvenue que je n'avais plus à m'occuper de qui que ce soit d'autre que de moi-même.

Après le défilé, il y avait des jeux et des compétitions sportives dans le parc au bout du terrain de la foire. Quand tout le monde s'est dirigé de ce côté, on aurait dit une rivière aux eaux gonflées qui suivait son cours. En chemin, nous avons rencontré tante Janet et oncle James. Mon oncle était d'humeur taquine et n'arrêtait pas de dire qu'il allait devenir riche plus tard dans la journée, et tout ça, grâce à Sa Majesté la reine Victoria, mais il a refusé de nous en dire plus.

Nous avons regardé la partie de baseball opposant l'équipe d'Almonte à celle de Carleton Place. C'est Almonte qui a remporté la victoire. Puis oncle James a dit qu'il voulait aller voir le cricket. Je trouve le cricket très ennuyant à regarder. Le seul moment intéressant, c'était quand ma tante a fait remarquer à mon oncle que l'arbitre de l'équipe était M. Flanagan. Quand elle l'a montré du doigt, mon oncle a dit : « Ça alors! Il a des jambes! »

Je savais ce qu'il voulait dire : M. Flanagan est toujours assis derrière son bureau, à la filature, et on ne voit jamais le reste de son corps. Nous nous sommes assis dans l'herbe et nous avons tressé des guirlandes de marguerites.

Quand l'heure des compétitions est arrivée, nous avons découvert qu'oncle James allait participer à la course du demi-mille, qui était ouverte à tous. Avant de se rendre à la ligne du départ, il a embrassé tante Janet devant tout le monde, et elle lui a dit : « Vas-y, cours comme une flèche! » Il y avait tellement de coureurs que nous n'avons pas pu voir la course, à cause de la poussière et de la foule, mais oncle James a dû courir comme une flèche, car il est arrivé deuxième et a remporté un prix : quatre dollars. Quatre dollars! En quelques minutes à peine! En voyant cela, tante Janet a dit qu'il devrait laisser tomber le tissage et devenir coureur. Oncle James, lui, s'est écrié : « Que Dieu bénisse la reine Victoria! »

Dans la soirée, il y avait un concert, avec des fanfares et des chorales. Toute la ville était illuminée, et on se serait cru au pays des merveilles. Avec sa fortune, oncle James a acheté de la crème glacée pour nous et pour tous les Campbell. À la fin, la fanfare a joué Rule Britannia, et tout le monde a chanté. C'était aussi impressionnant qu'un train qui roule à grande vitesse ou qu'un gros orage électrique. Je ne m'entendais pas chanter, même si j'avais l'impression de chanter assez fort pour être entendue dans tout Almonte. Ensuite, il y a eu un feu d'artifice, mais je ne suis plus capable d'écrire. Oncle James a dit que c'était une journée « babylonesque ».

22 juin

Chère maman et cher papa,

Après le jubilé, tout semble morne. Nous avions attendu ce moment si longtemps, et voilà que c'est déjà terminé.

Aujourd'hui, il a plu. Toutes les décorations sont trempées, et Almonte ne ressemble plus à un pays des merveilles, mais plutôt à n'importe quel autre endroit où il a plu. Je me demande si la reine Victoria se sent un peu déprimée, elle aussi. Ce doit être quelque chose, de savoir que, partout dans l'Empire, les gens font la fête en votre honneur et que, le lendemain, vous vous remettez au travail. Je ne sais pas ce qu'est le travail d'une reine, à part de nous « mener aux plus hauts niveaux de civilisation qui soient ». (C'est ce qu'un des messieurs importants a dit, dans son discours.)

Les yeux de Mungo sont passés du bleu au vert, et il a appris à ronronner. C'est le plus joli chaton du monde. Je me demande si la reine Victoria a le droit d'avoir un chaton, dans son palais.

24 juin

Chère maman et cher papa,

Je suis à la maison, même si on est au beau milieu de l'après-midi. J'ai eu un accident à la filature. J'étais à quatre pattes sous une machine, en train de rattacher un fil cassé, quand une souris est passée sur mon pied nu. (J'enlève mes chaussures pour éviter de les user trop vite.) J'ai été si surprise que je me suis assise brusquement et me suis cogné la tête très fort sur la machine. Et tout d'un coup, le visage de tante Janet était tout près du mien, et j'avais du sang sur mon tablier. Je m'étais assommée, et la seule façon de me sortir de sous la machine avait été de me tirer par les pieds. Ma tête saignait et j'avais le visage tout égratigné par le plancher. Le docteur est venu et m'a fait un bandage. Puis tante Janet m'a raccompagnée à pied jusqu'à la maison. Je n'étais pas très solide sur mes jambes et, en cours de route, j'ai vomi deux fois dans le caniveau.

Je me sens misérable d'avoir causé tant d'ennuis. Je sais que c'est stupide, d'avoir peur d'une souris. M. Haskin ne voulait pas laisser tante Janet me ramener chez nous, même si Agnès a dit qu'elle s'occuperait de la machine de ma tante.

Je ressens deux sortes de douleurs à la tête : une douleur qui vient par vagues et qui m'envahit toute la tête, et l'autre seulement sur mon visage, qui brûle tout le temps. Mais surtout, je me sens très somnolente.

25 juin

Chère maman et cher papa,

Je voulais retourner au travail aujourd'hui, mais quand je me suis levée, tout tournait encore autour de moi. Tante Janet m'a donc dit de rester à la maison. Mungo était ravi.

J'ai une grosse bosse sur la tête. Oncle James dit que c'est gros comme un œuf d'oie. Ma tante m'a raconté qu'hier, en rentrant à la maison, je n'arrêtais pas de lui demander : « Est-ce que mon tablier est fichu? » Je ne m'en souviens pas du tout. Ça fait peur de perdre ainsi la mémoire. Ce matin, oncle James est allé chercher ma paie. Elle n'était pas bien grosse à cause des deux jours où je n'avais pas travaillé. Tante Janet avait deux heures en moins, pour s'être occupée de moi hier. Oncle James n'était pas content, mais ma tante a dit : « Je ne m'attends pas à ce qu'ils me paient si je ne travaille pas, James ». Ma tante et mon oncle peuvent ne pas être d'accord à propos de quelque chose sans pour autant se fâcher. Je me demande si c'est une autre caractéristique des familles.

Toujours somnolente.

26 juin

Chère maman et cher papa,

Ma tête va mieux, mais j'étais quand même bien contente de rester au lit, ce matin. Nous avons manqué l'office à l'église. Tante Janet a fait disparaître toutes les taches de sang sur mon tablier.

Il fait très chaud. Dehors, il fait aussi humide qu'à l'intérieur de la filature.

Tante Janet et moi sommes allées faire une petite promenade dans l'après-midi et nous avons vu une affiche annonçant un exposé sur la tempérance qui sera donné jeudi soir. La conférencière est Mlle Beulah Young. J'ai demandé à ma tante ce qu'était un exposé. Elle a répondu que c'était comme un sermon, sauf que les femmes peuvent en faire. Je ne pense pas avoir envie d'entendre plus d'un sermon par semaine, mais ma tante a l'air tout excitée à l'idée de cet exposé et elle veut que je l'accompagne. Oncle James ne veut pas y aller.

27 *juin*

Chère maman et cher papa,

De retour au travail, aujourd'hui. Il y a des pois de senteur en fleurs, dans un jardin de la rue Edward, et ils embaument jusque dans la rue. Oncle James m'en a cueilli un brin, et je l'ai passé à ma boutonnière. Le parfum me rappelle la lessive que nous étendions sur la corde, Alice et moi. La cuisinière faisait pousser des pois de senteur près de la porte, derrière l'orphelinat. Alice et moi avions souvent pour tâche d'étendre le linge, et ce parfum de pois de senteur me fait penser au poids des draps mouillés, au chant des oiseaux et au rire d'Alice.

Dès l'instant où tante Janet et moi sommes entrées dans l'atelier de filature, ma tête s'est remise à faire mal à cause du bruit. Dans la chaleur humide de la salle, mes pois de senteur se sont fanés et ont perdu leur parfum. Au premier fil que j'ai eu à rattacher, je ne voulais pas aller sous la machine. Elle me semblait vivante. Je ne voulais plus rattacher les fils ni lever les bobines. Je voulais dévaler l'escalier, sortir par la grande porte, traverser le pont, courir dans la rue Mill en longeant le chemin de fer, puis franchir la clôture du jardin de la rue Edward où je serais restée cachée toute la journée dans les buissons, à jouer à faire semblant.

Mais je suis ouvrière de filature, alors je me suis forcée à aller sous la machine. La deuxième fois, c'était moins dur.

28 juin

Chère maman et cher papa,

La nouvelle du jour dans le journal : deux wagons de train remplis de soie ont traversé Almonte samedi dernier, au beau milieu de la nuit. La soie venait du Japon et elle était expédiée à New York par la compagnie Canadien Pacifique. Ce chargement valait 360 000 $. Oh! comme j'aurais aimé pouvoir voir cette soie. J'ai déjà reçu un mouchoir de soie en cadeau, à l'orphelinat. J'ai demandé à oncle James si la soie se filait comme la laine, et il a répondu que c'étaient des vers qui filaient la soie! Je croyais qu'il le disait à la blague, mais c'est bien vrai. Puis nous nous sommes mis à imaginer tous les gens de notre filature transformés en vers géants. Surtout M. Haskin, qui serait un ver tout maigre. Je n'oublierai jamais la fois où il a voulu noyer Boucane.

Les chatons grandissent à vue d'œil. Ils essaient de marcher, mais ils s'empêtrent constamment dans leurs pattes. Mme Campbell, qui sait tout à propos des chatons, dit que dans trois semaines ils seront prêts à quitter leur mère. J'ai si hâte de pouvoir prendre Mungo et de l'installer dans mon p'tit coin!

Oh! oh! Je viens de penser à quelque chose. Que va faire M. Haskin quand Boucane va refaire son apparition à la filature?

La coupure sur ma tête est maintenant cicatrisée, et ça me démange.

29 juin

Chère maman et cher papa,

Il fait trop chaud pour dormir. Nous nous assoyons sur les marches du perron, dans la noirceur, et tout le monde fait de même, d'un bout à l'autre de la rue.

30 juin

Chère maman et cher papa,

Ce soir, c'était l'exposé sur la tempérance. L'hôtel de ville était bondé. J'y ai aperçu plusieurs membres de notre église ainsi que des gens de la filature, en majorité des femmes. Pour commencer, un jeune homme est monté sur l'estrade et a chanté un hymne à la gloire de la tempérance.

Puis c'est Mlle Beulah Young qui est montée sur l'estrade. Elle est très belle. Elle était bien mise et portait un joli tailleur, mais ce qui m'a impressionnée le plus, c'était sa voix. Elle avait une façon de parler qui me faisait penser à la Bible. Elle ne semblait pas parler très fort et pourtant, sa voix emplissait toute la salle.

Le titre de son exposé était : « Votre ancre est-elle assez solide? ». Il y était question des conséquences funestes de l'ivrognerie, de l'alcool qui rend les gens pauvres et malades, et qui apporte le malheur dans les familles. Mlle Young est membre de la Ligue chrétienne féminine de tempérance, dont les membres pensent que l'alcool ne devrait pas être permis du tout.

Il y a autre chose qui n'était pas comme dans un sermon : Mlle Young nous a parlé d'elle-même. Elle nous a raconté son enfance, nous a expliqué que sa mère est morte quand elle était toute jeune, qu'elle avait dû s'occuper de son père malade et qu'elle avait reçu un message de Dieu lui disant qu'elle avait une mission à remplir, non pas dans de lointaines contrées, mais ici même, dans les débits de boisson. Elle nous a raconté plusieurs histoires tristes d'hommes qui avaient bu et avaient ruiné leur vie, et celles de leur femme et de leurs enfants. Elle nous a demandé si nous resterions là à ne rien faire en voyant un homme se faire administrer du poison. Pourtant, c'est exactement ce que nous faisons quand nous laissons des millionnaires s'enrichir en vendant de l'alcool.

Elle a dit que nous devions unir nos efforts. Elle a dit que l'être humain était comme un navire qui devait accomplir un long voyage, depuis sa naissance jusqu'à sa mort. Au fil de sa vie, il y aurait des mers calmes et des tempêtes, des vents glacials venus de l'Arctique et de douces brises tropicales. Si nous ajustions nos voiles correctement, aucune tempête ne nous ferait dévier de notre route. Ces vents du changement pourraient même nous conduire plus rapidement jusqu'à notre but. Et en croisant d'autres navires, nous pourrions hisser les pavillons de la bonne volonté et de la bienveillance. Mais si nos voiles étaient mal ajustées, à cause de l'alcool, les vents du malheur et du changement nous conduiraient tout droit vers les rochers du désespoir.

Tout son exposé était comme ça. On pouvait se le représenter dans la tête. (L'image des vents arctiques était particulièrement saisissante : il faisait plus que chaud dans l'hôtel de ville bondé, et un petit brin de vent arctique aurait certainement été apprécié.)

Puis elle nous a distribué de petits bouts de papier sur lesquels était imprimée une promesse de ne jamais boire d'alcool. On pouvait signer le papier et le remettre dans le plateau. « En accumulant les promesses, on peut changer le monde », a-t-elle dit. J'étais heureuse de signer mon bout de papier, et tante Janet aussi. Je n'avais jamais pensé que je pourrais contribuer à changer le monde.

(Maintenant que je suis à la maison, je me rappelle que, de toute façon, je n'ai jamais voulu boire d'alcool. Je n'en ai jamais goûté, mais quand je passe devant la taverne, l'odeur qui en sort est vraiment dégoûtante. Signer le papier n'était donc pas un geste noble de ma part, même si en le faisant, je me suis sentie noble pendant une seconde.)

Après l'exposé, il y a eu une chanson, ou plutôt un cantique. Tante Janet et moi n'arrivions plus à nous le sortir de la tête et nous l'avons fredonné tout le long du chemin du retour.

Je me suis rappelé comment je m'étais sentie, le jour du jubilé. J'avais eu l'impression de ne plus toucher terre.

Quand nous sommes passées devant la taverne, je me suis imaginée y entrant et disant aux hommes qui étaient là d'ajuster leurs voiles correctement et de prêter le serment de tempérance. J'aimerais tellement savoir parler comme Mlle Young.

1er juillet

Chère maman et cher papa,

C'est l'anniversaire du Dominion du Canada, qui existe maintenant depuis 20 ans. C'est aussi l'âge d'Agnès. Il se passe quelque chose avec Agnès. Fred, de la salle de la finition au mouillé, semble trouver toutes sortes de raisons de venir dans l'atelier de filature. Il arrive et demande s'il peut se rendre utile, mais à dire vrai, je crois qu'il fait la cour à Agnès. Il se joint souvent à nous, à la pause du midi. Agnès ne semble pas s'intéresser à lui. Quand les autres femmes la taquinent, elle relève la tête et dit : « J'aspire à bien mieux que Fred Armstrong, dans la mesure où j'ai des aspirations, ce qui n'est pas le cas. » Aujourd'hui, il lui a apporté un rameau de pommier en fleurs dans un pot de confiture. J'ai de la peine pour Kathleen.

4 juillet

Chère maman et cher papa,

Hier soir, il y a eu un énorme orage, juste après le souper. Quand nous avons quitté le travail, il faisait si chaud et si humide dehors qu'on aurait eu envie de mettre l'air à sécher sur une corde, comme du linge fraîchement lavé. Un peu plus tard, un énorme nuage noir est apparu, il y a eu du tonnerre et des éclairs, et il a plu à torrent, comme si on avait lancé des seaux pleins d'eau sur les vitres. Le vent faisait vibrer la maison. Oncle James s'est mis à réciter des versets des psaumes : « Le tonnerre retentit dans le tourbillon, les éclairs illuminèrent le monde; la terre s'émut et trembla. » Tante Janet a dit qu'il devrait se faire prédicateur. Il a répondu qu'il préférerait devenir acteur.

Entre le coup de tonnerre et l'éclair qui le suivait, j'entendais ta voix, papa, qui comptait les secondes. Laird hurlait et toi, tu comptais les secondes en me serrant contre toi. Cet instant a quelque chose de magique. Chaque fois, je me dis que je pourrais voir apparaître une fée. Mais ça ne m'est jamais arrivé.

5 juillet

Chère maman et cher papa,

Un ouvrier de l'atelier de tissage a entendu dire qu'une grange du côté de Carp a été détruite par l'orage. Les bêtes ont été sauvées à temps.

L'orage a laissé derrière lui encore plus de chaleur et d'humidité, surtout à l'intérieur de la filature. En rentrant à la maison aujourd'hui, je me sentais comme une feuille de chou qui aurait bouilli pendant des heures. Nous sommes passés devant deux des fillettes qui sautaient à la corde l'autre jour. Elles étaient assises sur un perron, en train de bavarder tout en se rafraîchissant avec une boisson et des éventails en papier. Elles n'avaient pas l'air de feuilles de choux. Maintenant que l'école est finie, je me demande à quoi elles passent leurs journées. Pour elles, tous les jours doivent être comme dimanche. Je sais, je ne dois pas oublier le dixième commandement : « Tu ne convoiteras aucune chose qui appartienne à ton prochain ».

6 juillet

Chère maman et cher papa,

Aujourd'hui, nous avons appris que les commissaires fédéraux allaient venir le mois prochain. Je ne pensais plus à cette histoire, mais voilà qu'elle revient sur le tapis. Au dîner, tout le monde en parlait, mais personne n'a évoqué la question de l'âge légal, Dieu merci! Je ne sais toujours pas ce que je devrais faire.

8 juillet

Chère maman et cher papa,

Ce soir, dans le journal, on disait qu'il y aurait probablement une grève dans une filature de coton de Cornwall parce que le propriétaire de la filature a décidé de diminuer le salaire des ouvriers. Oncle James m'a expliqué ce qu'était une grève. C'est quand les ouvriers refusent de travailler tant que le propriétaire ne leur accorde pas ce qu'ils demandent. Tante Janet a dit que ce n'était pas bien de faire la grève, et oncle James a répliqué que c'était la seule chose à faire quand un riche employeur traite les ouvriers comme s'ils étaient ses esclaves. Tante Janet a rétorqué que M. Flanagan ne nous traite pas comme des esclaves. Elle a dit qu'oncle James ne devrait pas oublier que nous avons eu congé le jour du jubilé et que la filature d'Almonte paie mieux que toutes les autres et que nous avons un jardin et tout ce qu'il nous faut.

Lequel des deux a raison? Je déteste ça, quand je ne sais pas ce que je devrais penser. Je suis sortie pour aller raconter mes problèmes à Mungo, dans la remise. Il a des dents maintenant, et Boucane n'est pas très contente quand lui ou les autres veulent téter. Mme Campbell dit que nous devons commencer à leur apporter des restes à manger.

L'histoire de Wilkie Collins nage de plus en plus dans le mystère. Pourquoi la comtesse Narona vient-elle voir Mlle Lockwood, si honnête et si innocente? Elle doit mijoter un mauvais coup.

9 juillet

Chère maman et cher papa,

Encore des problèmes! Dans le journal, on parlait encore de la grève à Cornwall. Je ne l'ai pas lu à voix haute à ma tante et mon oncle. Un pasteur qui appuie les grévistes a dit qu'ils devraient révéler combien d'enfants dans la filature n'ont pas l'âge légal, malgré ce que dit la loi ontarienne sur les usines. Il dit aussi que les enfants prennent la place d'autres travailleurs à qui il faudrait donner plus d'argent. Je ne comprends pas. Une adulte ne pourrait pas faire mon travail, car elle serait trop grande pour se glisser sous les machines afin d'aller rattacher les fils cassés. Et c'est évident que les enfants ne gagnent pas autant que les adultes. Ils sont plus petits et moins forts. C'est comme si on disait que les femmes devraient gagner autant que les hommes. Mais si un pasteur croit que ce serait plus juste, et après tout, les pasteurs sont intelligents et bons, comment pourrais-je ne pas être d'accord? Toutes ces réflexions ne m'aident pas à décider si, oui ou non, je devrais dire la vérité aux commissaires quand ils viendront.

Et maintenant, j'ai l'impression de cacher quelque chose à ma tante et à mon oncle. Je crois qu'ils ne sont pas au courant de la loi ontarienne sur les usines. Que feriez-vous à ma place, papa et maman?

11 juillet

Chère maman et cher papa,

Agnès, qui a l'air de toujours être au courant de tout, dit que les commissaires viendront ici la semaine du 8 août. C'est beaucoup trop de temps pour me creuser les méninges à propos de ce que je dois faire. Peut-être qu'ils ne viendront pas, finalement. Peut-être que j'aurai une révélation ou un signe du Ciel, comme dans la Bible.

13 juillet

Chère maman et cher papa,

Un mystère : qu'est-ce qu'oncle James peut bien vouloir faire avec une balle de laine jaune? Tante Janet refuse de la lui donner tant qu'il ne lui dira pas pourquoi, mais il refuse de répondre. On tourne en rond! D'après vous, est-ce qu'il se serait mis au tricot? J'ai mis mes chaussettes de côté, pour l'instant. Qui pourrait avoir envie de tricoter par une chaleur pareille? Il faudrait être complètement idiot.

16 juillet

Chère maman et cher papa,

Jour de paie. Nous avons acheté de la crème glacée pour fêter ça.

75

17 juillet

Chère maman et cher papa,

Aujourd'hui, à l'église, le sermon portait sur les enfants d'Israël qui ont passé 40 ans dans le désert, avec la manne pour toute nourriture. Si je n'avais qu'une seule et même chose à manger pendant 40 ans, je choisirais la crème glacée.

Cet après-midi, je suis allée à la rivière avec Murdo et Kathleen. Nous avons pataugé dans l'eau, puis nous avons bricolé de petits bateaux avec des branches et des feuilles, et nous avons fait des courses. J'aimerais tant ne pas être obligée d'aller travailler demain. Voilà! Je l'ai dit. Je ne l'avouerai jamais à ma tante et à mon oncle, mais les dimanches sont si agréables! Les dimanches, le temps file aussi vite qu'une fée. À la filature, c'est plutôt le contraire!

19 juillet

Chère maman et cher papa,

Aujourd'hui, sur l'un des murs de l'édifice de la banque, j'ai vu une affiche annonçant la venue d'un cirque à Almonte. Il y avait un dessin d'une belle dame qui volait dans les airs. C'est le cirque Frank Robbins, « le plus gros, le plus beau, le plus fabuleux du monde! », peut-on lire sur leur affiche. L'entrée coûte 10 cents. J'ai au moins ça en économies, mais comment faire pour y aller, quand on travaille tous les jours sauf le dimanche et que, ce jour-là, les spectacles de cirque ne sont pas permis? Les fillettes qui sautent à la corde vont pouvoir y aller quand elles le voudront, puisqu'elles ont congé tous les jours de l'été.

21 juillet

Chère maman et cher papa,

Aujourd'hui, je suis allée visiter l'atelier de teinture. Murdo est venu me chercher, au dîner. Pour nous y rendre, il fallait traverser la salle de triage des toisons. M. Houghton est le chef de cet atelier. C'est quelqu'un d'important, mais il est gentil. Il a pris une toison et m'a montré quelles parties étaient utilisées pour les différentes sortes de fils. « C'est une question de longueur de fibre, de qualité et de sensation au toucher, a-t-il dit. Tu vois là? Touche. C'est l'épaule, qui va faire un excellent fil de laine peignée. On le retrouvera un jour sur le dos d'un banquier. Les flancs et le dos : bon pour les lainages ordinaires. Le ventre : bon pour les couvertures. » Murdo dit que, dans la filature, c'est le seul endroit où le travail ne peut pas être fait à la machine, car les trieurs de toisons doivent examiner les toisons une à une et décider quelle partie doit aller où. « Oui, monsieur! Tant que les machines ne sauront pas penser ou que nous ne nous habillerons pas avec des fourrures, il y aura du travail pour les trieurs de laine.»

Quand nous sommes repartis, Murdo m'a dit que, d'habitude, M. Houghton dit plutôt : « Tant que les machines ne sauront pas penser ou que nous n'irons pas tout nus », mais qu'il ne voulait pas parler ainsi devant moi.

La salle suivante était mystérieuse. Tous les murs étaient peints en noir. Murdo dit que c'est parce que, si les murs étaient d'une autre couleur, même blancs, ils refléteraient la lumière, et la couleur des étoffes ne pourrait pas être appréciée.

Puis nous sommes arrivés dans la salle où se trouvent les grandes cuves de teinture. On dirait des marmites géantes pour des sorcières géantes. Au-dessus, il y a des passerelles, et j'imaginais quelqu'un qui tomberait dans une marmite. J'ai eu peur, rien que d'y penser. Et une fois qu'on y a pensé, c'est bien difficile de sortir l'idée de sa tête. Je l'ai dit à Murdo, mais il m'a seulement demandé si je préférerais être bleu indigo ou rouge cochenille. Puis il m'a montré les teintures, qui ont de très jolis noms : garance, cochenille, indigo, cachou, limonade rose, noix de galle.

Il m'a expliqué qu'on pouvait fabriquer des teintures avec toutes les parties des plantes : les fruits, les fleurs et les feuilles, et même avec des insectes, comme la cochenille qui en est un. Je lui ai demandé si « garance », c'était rouge, et il a dit que oui! Indigo et Cachou feraient de très beaux noms pour des fées.

22 juillet

Chère maman et cher papa,

Pourquoi les maringouins m'aiment-ils autant? J'ai 26 piqûres. Et même plus, si on compte celles qui sont par-dessus des piqûres qui étaient déjà là. J'essaie de ne pas me gratter. Les maringouins sont peut-être de méchantes fées déguisées.

Lord Montbarry, le mari de la comtesse Narona, est mort à Venise. Apparemment, Mlle Lockwood avait été fiancée à

Lord Montbarry avant son mariage avec la comtesse. « Ah, ah! a dit oncle James. Tout devient clair. » Pas pour moi.

23 juillet

Chère maman et cher papa,

Vous serez étonnés d'apprendre qu'aujourd'hui, votre fille est devenue pasteur. Vous ne saviez peut-être pas que les filles pouvaient être pasteurs, mais c'est parce que vous n'êtes jamais entrés à la filature numéro 1 d'Almonte. Ce matin, quand nous sommes arrivés, les hommes riaient et se poussaient du coude, en particulier ceux de l'atelier de teinture. Nous n'avions aucune idée de ce qui se passait. Au dîner, Fred Armstrong est venu nous voir et nous a dit que nous devrions descendre au jardin où on nous attendait. Il avait le sourire fendu jusqu'aux oreilles. En arrivant au jardin, la première chose que j'ai vue, c'était le père de Murdo portant une robe! Il avait un voile sur la tête, avec des fleurs piquées dedans. Il avait l'air tellement drôle, avec sa grosse barbe rousse qui dépassait du voile! Puis j'ai vu oncle James qui portait une perruque de laine jaune! (Voilà un mystère de résolu!) Apparemment, M. Stafford, le contremaître de l'atelier de foulage, va se marier, alors tout le monde à la filature a décidé d'organiser une parodie d'un mariage.

Durant cette cérémonie, tout était le contraire de ce qu'on voit normalement. La mariée était le père de Murdo, sa demoiselle d'honneur était oncle James, le marié était Mme Easton, une ouvrière toute menue de l'atelier de tissage. Elle portait un haut-de-forme si grand qu'il lui tombait continuellement sur les yeux pour se poser sur son nez. Toutes les femmes étaient habillées en hommes, et les hommes, en femmes.

L'autre chose qui était le contraire, c'était que tous les jeunes faisaient comme s'ils étaient vieux. Un des balayeurs, Willie, avait un oreiller sous sa chemise et une fausse montre à gousset, et il faisait semblant d'être le propriétaire de la filature. Puis on m'a demandé de jouer le rôle du pasteur et de marier le jeune couple! J'ai enfilé une veste noire et j'ai entouré mon cou d'une bande de papier blanc pour faire comme un col romain. Les mariés ont remonté l'allée tandis que quelqu'un jouait de l'harmonica.

Au début, j'étais gênée parce que je ne savais pas quoi dire. Je n'ai jamais assisté à un mariage. Mais je n'avais pas vraiment à parler parce que tout le monde criait des choses que le marié devait promettre, comme : faire la vaisselle, préparer tous les repas et changer les couches du bébé! Mme Easton a une très grosse voix pour une si petite femme, et elle n'arrêtait pas de tout promettre. Toutes les femmes applaudissaient et tous les hommes rouspétaient. Puis j'ai dû dire (tante Janet m'a soufflé la phrase) : « Je vous déclare mari et femme ». Alors Mme Easton a embrassé le père de Murdo (à travers son voile), puis tout le monde a applaudi et lancé des petits bouts de papier, en guise de confettis.

Ensuite, une grosse boîte a été présentée aux nouveaux mariés. Elle était entourée d'un ruban. Tandis qu'ils l'ouvraient, Agnès n'arrêtait pas de dire des choses comme : « Oh! je me demande si ce sera une théière en argent! » ou

« Penses-tu que c'est un vase de cristal taillé? » Finalement, c'était un pot de chambre! Puis tout est revenu à la normale et les gens sont retournés travailler. Les hommes en hommes, les femmes en femmes, et Flore en Flore.

24 juillet

Chère maman et cher papa,

Aujourd'hui, à l'église, j'ai eu une drôle d'idée. Tandis que le révérend Parfitt officiait, j'ai eu l'impression que je pouvais aussi le faire. Même si le mariage d'hier n'était qu'une farce, une mise en scène pour s'amuser, j'avais l'impression que, l'espace d'un instant, j'avais vraiment été ministre du culte. Je me suis alors dit que ce serait formidable, d'aider les gens avec leurs problèmes et de partager leurs joies, de me tenir debout devant tout le monde et de les bénir.

25 juillet

Chère maman et cher papa,

J'ai deux choses excitantes à vous raconter, aujourd'hui. La première, c'est que Mungo habite maintenant à l'intérieur de la maison. Les Campbell ont pris le chaton gris, et Mme Campbell a trouvé des familles pour les deux tigrés. Quant à Boucane, Mme Campbell a dit que nous allions simplement la ramener à la filature. Tante Janet a demandé ce qui arriverait si M. Haskin la voyait, et Mme Campbell, l'air déterminé, a dit : « Laissez-moi m'occuper de ce M. Haskin ». Mungo s'est installé dans mon petit coin. Il aime se percher sur mon épaule et me lécher le nez.

La deuxième nouvelle, c'est que, finalement, nous pourrons aller au cirque! Samedi, M. Flanagan va fermer la filature une heure plus tôt que d'habitude. Ainsi nous pourrons tous y aller. Ah! si seulement on était déjà samedi! Une chance que, quand on dort, on ne voit pas le temps passer.

26 juillet

Chère maman et cher papa,

Murdo m'a raconté une bien triste histoire. Il y a quelques années, un éléphant nommé Jumbo s'est sauvé du cirque. Il a traversé la voie ferrée, juste au moment où un train arrivait, et il s'est fait tuer. Les gens et les bêtes du cirque ont dû avoir l'impression d'avoir perdu un ami. Je me demande s'il y aura des éléphants dans ce cirque-ci.

Boucane est de retour à l'usine, dans l'atelier de filature. M. Haskin a dû la remarquer, mais il fait semblant de rien.

27 juillet

Chère maman et cher papa,

Mauvaises nouvelles, à propos du cirque. Murdo ne peut pas y aller, car les Campbell n'ont pas les moyens de payer l'entrée. J'ai demandé à tante Janet si nous pouvions payer pour Murdo. Elle a répondu qu'elle l'avait déjà proposé, mais que Murdo a refusé, par fierté. D'ailleurs, est-ce que Murdo voudrait y aller si ses parents, Kathleen et son frère Percy ne pouvaient pas en faire autant? (Les autres sont trop petits pour s'intéresser au cirque.) Elle a raison. Il ne voudrait pas.

28 juillet

Chère maman et cher papa,

Tout s'est arrangé. Hier soir, tandis que nous revenions à pied de la filature, Murdo a trouvé une pièce de 50 cents toute neuve, sur le chemin. Maintenant, les Campbell peuvent aller au cirque! Ma tante et mon oncle étaient si heureux! « Ça rapporte, quand on regarde où on met les pieds », a dit mon oncle.

Un peu plus tard

Chère maman et cher papa,

Je crois que je viens de comprendre quelque chose. Je repensais à la chance que Murdo avait eue de trouver cette pièce de 50 cents, quand je me suis souvenue que, juste avant ça, oncle James (qui marchait devant nous) s'était arrêté pour rattacher ses lacets. Je crois qu'il a laissé tomber la pièce exprès pour que Murdo la trouve. Je n'en suis pas absolument sûre, mais c'est tout à fait son genre. Il sait se montrer gentil envers les autres tout en ménageant leur fierté.

30 juillet

Chère maman et cher papa,

Jour de cirque. Je crois qu'il y a plus de choses à retenir de cette journée que de toutes les autres journées de ma vie jusqu'à maintenant.

Tout a commencé quand le train du cirque est arrivé, très tôt ce matin. Je me suis levée à l'aube, me suis habillée et suis allée chercher Murdo. Nous étions donc à la gare pour le voir arriver. Il comptait plus de 20 wagons, tout propres et bien en ordre. Je me suis rappelé mon voyage en train jusqu'à Almonte. Oh! comme j'aimerais habiter dans un train qui cliquetterait toute la nuit et me réveiller chaque matin dans un endroit nouveau.

Ils ont d'abord déchargé les tentes. Nous avons suivi les gens du cirque jusqu'au terrain de la foire où ils les ont déballées, puis montées. Mais là, quelqu'un a dit : « Voici les éléphants! » Alors nous sommes retournés à toute vitesse vers le train, juste à temps pour voir une file d'éléphants descendre la passerelle. Je n'ai jamais rien vu de pareil. Ils étaient six en tout. Ils sont encore plus grands que sur l'affiche. Ils ont l'air doux, pour de si grosses bêtes. Murdo dit que je changerais vite d'opinion si je me trouvais devant une horde d'éléphants fonçant sur moi, au beau milieu de la jungle. « Il te faudrait un fusil à éléphants », a-t-il dit. Pourquoi les garçons sont-ils aussi horribles et pensent-ils toujours à tuer quelque chose?

Quand les éléphants se sont mis en branle, à la queue leu leu, la poussière du chemin se soulevait sous leurs énormes pattes. Dans le petit matin, les rayons du soleil passaient au travers de ce nuage de poussière, et on se serait cru de retour au pays des merveilles. Un employé du cirque qui n'était pas très gentil nous a chassés de la main, mais Murdo et moi connaissons toutes les cachettes autour de la gare, alors nous nous sommes arrangés pour tout voir quand même. Ensuite, nous avons dû courir comme des fous pour arriver à l'heure au travail. Entre sept heures et onze heures, le temps n'en finissait plus de passer. M'occuper des bobines n'a jamais été aussi pénible.

Quand la cloche a enfin sonné, nous avons tout de suite filé vers le terrain de la foire. Les tentes étaient montées, formant comme un petit village au bord de la rivière. De belles tentes aux rayures rouges et blanches, surmontées de drapeaux et de bannières flottant au vent. Il y avait déjà beaucoup de monde, et d'autres employés du cirque pas très gentils ont érigé une clôture à toute vitesse. C'était tout pour l'avant-midi. Il ne nous restait plus qu'à attendre jusqu'à l'heure du spectacle.

Si je voulais décrire tout le spectacle du cirque, j'userais un crayon au complet et il me faudrait un autre jour de congé. Il y avait une foule énorme. Je pense que tous les habitants d'Almonte y étaient, et aussi plein de gens de la campagne. Nous étions assis juste derrière les Campbell. Percy était si excité qu'il n'arrêtait pas de sauter, et M. Campbell n'arrêtait pas de le rasseoir, comme s'il avait été un diablotin en boîte.

Je vais vous décrire mon numéro préféré seulement : Charles Fish, le plus grand cavalier de l'univers. J'ai senti que ce serait plein de surprises quand, pour monter sur son cheval, M. Fish a couru vers lui, a sauté sur son dos et a atterri bien d'aplomb sur ses deux pieds. Le cheval s'est mis à courir en rond autour de l'arène, et M. Fish était toujours là, monté à cru, sans rien pour le retenir, l'air aussi à l'aise que quelqu'un qui se serait tenu au coin d'une rue. C'était déjà assez extraordinaire comme ça, mais là, il s'est mis à faire des pirouettes, par en avant et par en arrière. Puis il a levé une jambe et s'est mis à tourner sur lui-même, comme une toupie. Ensuite, deux belles écuyères tenant un grand disque de papier sont arrivées et se sont juchées sur des tabourets. Le cheval a galopé vers le disque et a passé dessous tandis que M. Fish plongeait dans le disque, puis faisait une pirouette et atterrissait sur le dos de son cheval. Il y a eu une courte pause, pendant laquelle les gens se disaient : « Est-ce que j'ai vraiment bien vu? » Et là, tout le monde s'est mis à taper des pieds, à applaudir et à siffler. Alors les deux écuyères sont allées chercher un autre disque, et M. Fish a refait le même numéro, mais à reculons!

Les éléphants ont exécuté un ballet. La plupart des gens riaient, mais pas moi. Ce qui m'étonnait vraiment, c'était que des créatures pareilles puissent exister sur Terre. Les clowns ont fait semblant d'être des pompiers et ont secouru une très grosse dame (en fait, un clown avec de la bourrure) d'un bâtiment en flammes. Ils ont essayé de la faire sauter dans une couverture qu'ils tenaient par les coins, mais elle ne voulait pas. Alors ils ont pris des échelles, mais les échelles n'arrêtaient pas de tomber. Oncle James riait tellement qu'il s'est presque étouffé. Il y avait des lions, des chevaux miniatures, des funambules et des ménestrels, mais je ne peux pas les décrire tous.

Sur le chemin du retour, Murdo a dit qu'il voulait s'enfuir avec le cirque, quand celui-ci quitterait Almonte.

Puis nous avons décidé que nous aimerions tous nous enfuir. Oncle James aimerait être montreur d'éléphants. Tante Janet a dit qu'elle voudrait être un clown. Moi, je voudrais apprendre à monter à cru. Murdo n'arrive pas à décider s'il voudrait être acrobate, ménestrel, joueur de trompette ou encore le portier qui recueille l'argent des spectateurs.

31 juillet

Chère maman et cher papa,

En route vers l'église, nous avons vu les gens du cirque qui démontaient les tentes. Il avait plu durant la nuit, et le terrain était boueux. Les gens du cirque avaient l'air ordinaires et pas très propres. Pas un éléphant en vue. Durant toute la journée, j'ai quand même pensé sans arrêt à prendre le train avec eux, en route vers leur prochaine destination. Bien entendu, il faudrait que j'emmène ma tante, mon oncle, Murdo et Mungo. Et Murdo voudrait emmener toute sa famille, et bientôt, toute la ville d'Almonte serait du voyage! Mais nous ne laisserions pas M. Haskin venir avec nous.

1ᵉʳ août

Chère maman et cher papa,

C'était pénible à la filature, aujourd'hui. Toute une journée de labeur, qui n'en finissait pas. J'ai mémorisé la suite du poème :

Il arrive parfois, sur le soir d'un beau jour,
Qu'une brise légère, après quelques ondées,
Agite des tilleuls les cimes inondées,
Et fait tomber la pluie en gouttes de cristal.

Je me demande si M. Longfellow a écrit ça en été. Il fait si chaud que j'aimerais que les nuages de l'été nous inondent de pluie. J'aimerais aussi pouvoir porter une robe à paillettes et monter à cru.

2 août

Chère maman et cher papa,

Tante Janet dit qu'il s'agit d'une canicule. Elle veut dire qu'il fait très chaud. Le chien blond de Barney reste étendu à l'ombre, à haleter. La seule personne qui n'est pas écrasée par la chaleur est Mungo, qui est aussi enjoué que d'habitude. Voici quelques petites choses à son sujet.

Il adore courir après des boulettes de papier.

Ce qu'il aime le plus, c'est se cacher dans la boîte à bois.

Il continue de grandir, et sa queue est plus longue et plus souple.

Le matin, il me lèche le nez si je n'ouvre pas très vite les yeux.

3 août

Chère maman et cher papa,

Le seul endroit supportable est le bord de la rivière. Aujourd'hui, après le travail, Murdo, Kathleen, tante Janet et moi ne sommes même pas rentrés à la maison. Nous

nous sommes rendus tout droit à la rivière, à notre endroit préféré.

Il y a de l'ombre, et le bruit de l'eau est rafraîchissant. Nous nous sommes assis, les pieds dans l'eau, et tante Janet nous a raconté une histoire. Elle s'intitule : « La fille qui était sortie à l'aube ». Une jeune fille sort à l'aube pour se laver le visage avec la rosée, afin de devenir plus belle, puis elle disparaît. Sa petite sœur part à sa recherche. Sa mère lui donne du fil, une aiguille, des épingles et un dé en argent. La petite sœur entend parler d'un sorcier qui habite un château sur la colline du Désenchantement et qui enlève les jeunes filles. En se rendant au château, elle rencontre un romanichel et un mendiant tout déguenillé. Elle se montre gentille à leur égard, et ils lui donnent chacun un conseil. Le romanichel lui dit : « Les apparences sont trompeuses ». Le mendiant lui dit : « L'or et l'argent n'apportent que le mal ». Quand la petite sœur arrive au château du sorcier, celui-ci l'invite à entrer, puis il lui fait passer toute une série d'épreuves qui comprennent du feu et un méchant loup, mais elle est courageuse et futée, et elle réussit à secourir sa sœur et à vaincre le sorcier grâce à la magie et à ses accessoires de couture. Sur le chemin du retour, les deux sœurs rencontrent deux beaux jeunes hommes. Ce sont le romanichel et le mendiant à qui le sorcier avait jeté un sort. Les deux sœurs tombent amoureuses des deux hommes, les épousent, et tous vivent heureux jusqu'à la fin de leurs jours.

Tante Janet dit que, quand sa grand-mère lui a raconté cette histoire, elle a cru que ça voulait dire qu'on devait toujours avoir un dé sur soi. Pour Kathleen, l'histoire signifiait que, si elle se faisait enlever, Murdo devrait partir à sa recherche et la sauver parce que c'est son devoir de frère. Murdo a répliqué que l'histoire signifiait que Kathleen devrait sortir le matin, à l'aube, et se laver le visage avec de la rosée pour devenir plus belle, si elle veut se marier un jour. Kathleen l'a attrapé et l'a poussé dans la rivière! Il est sorti de l'eau en crachant et en riant, puis il a essayé de nous éclabousser, mais nous nous sommes enfuies.

Je n'ai pas dit ce que je pensais de l'histoire parce que (c'est un secret) elle m'a rendue un peu triste. J'ai beaucoup de chance d'avoir tante Janet et oncle James pour famille, mais quand je pense à ce qu'a fait la sœur de la jeune fille par loyauté, et aussi quand je vois comment Murdo se comporte avec Kathleen, Percy et les petits, je voudrais bien avoir un frère ou une sœur.

4 août

Chère maman et cher papa,

Cet après-midi, j'ai vu quelque chose de si triste que j'ai presque peur de l'écrire. Je vais me mettre à pleurer. Je marchais dans la rue Mill. Barney était assis devant les écuries de louage, comme d'habitude, avec son chien. Il ne criait pas et n'était pas en colère. Il était affaissé, tout simplement. Deux grands garçons passaient devant lui en se lançant une balle de baseball. Soudain, un des garçons a lancé la balle très fort vers la tête de Barney en criant : « Attrape! » Il riait méchamment. Barney a tendu son moignon, et la balle lui a frôlé l'oreille. Alors il s'est mis à crier, et les garçons se sont enfuis. J'avais peur, alors je me suis dépêchée de passer. Mais j'étais très en colère. Pourquoi suis-je seulement une fille? J'aurais voulu être grande et forte comme un policier et attraper ces deux garçons et cogner leurs têtes l'une contre l'autre et leur faire mal et les obliger à faire leurs excuses à Barney.

Mais voici le pire. Je n'ai pas pu manquer de voir le bout du bras amputé de Barney, quand il l'a levé et que sa manche de chemise est tombée. Il était rose et plein de plis. Je n'arrive pas à chasser cette image de ma tête. Je ne veux plus y penser.

5 août

Chère maman et cher papa,

Mauvais rêve, hier soir. Des bestioles qui rampaient, des monstres avec plein de dents, comme des loups, mais comme des machines aussi. Je me suis réveillée et, comme il faisait très chaud, je n'ai pas pu me rendormir. Je faisais souvent des cauchemars à l'orphelinat, mais je n'en fais pas très souvent depuis que je suis à Almonte. J'espère que ça ne va pas recommencer.

7 août

Chère maman et cher papa,

Il n'y a rien à dire à propos de la canicule, sinon que je trouve qu'on devrait appeler ça un temps de mauvaise fée. Dans le journal, on dit qu'avec de l'ammoniac, on peut réanimer quelqu'un qui a eu un coup de chaleur. Le boucher a une nouvelle glacière pour sa viande. Je ne détesterais pas être un rôti ou une côtelette, juste le temps de me rafraîchir.

8 août

Chère maman et cher papa,

Aujourd'hui, après le travail, nous sommes allés au terrain de la foire pour voir oncle James et M. Campbell jouer au baseball. Je trouve le baseball presque aussi ennuyant que le cricket, alors j'étais contente que mamie Whitall soit avec nous. Elle se souvient de tout un tas de choses qui se sont produites à Almonte et elle raconte de bonnes histoires. Elle nous a parlé d'une pilote de montgolfière qui est venue ici, un jour. Elle s'appelait Nellie Thurston et venait d'Oswego, dans l'État de New York. « Il y avait des affiches partout en ville, a dit mamie Whitall. Nous avions tous envie d'aller la voir. M. Flanagan a fermé la filature pour l'après-midi, et nous nous sommes tous rendus au terrain de la foire pour voir ça. »

Mlle Thurston a fait décoller son ballon sans aucun problème et est restée dans les airs pendant presque une heure avant d'atterrir à Merrickville. C'est à 35 milles d'ici. J'ai essayé d'imaginer comment on pouvait se sentir dans un ballon. Comme un oiseau? Ou comme une fée, peut-être?

« C'était la première femme au Canada à piloter un ballon, a dit mamie Whitall. Et c'est arrivé ici même, à Almonte. Il y a de quoi être fier! »

Murdo a dit qu'il se souvenait de l'avoir vue, mais

mamie Whitall lui a dit : « Tu dérailles. Tu étais encore tout petit, à l'époque. »

Puis chacun de nous a parlé de la première chose dont il se souvenait. Murdo est revenu à la charge et a dit que c'était un énorme ballon dans les airs. Je crois que je me souviens de ta barbe, papa. Elle me chatouillait le nez.

9 août

Chère maman et cher papa,

La visite des commissaires approche à grands pas. Ce matin, tante Janet a dit qu'il faudrait rallonger l'ourlet de ma jupe, car j'ai beaucoup grandi depuis que je suis arrivée à Almonte. Je me suis dit que les commissaires allaient probablement croire que j'ai 14 ans. Et s'ils me posent la question directement? J'ai décidé d'en discuter avec Murdo. Il n'a même pas pris la peine de réfléchir. « Je vais mentir, a-t-il dit. Sinon, on pourrait me renvoyer. Tous les gars vont mentir. » J'aimerais beaucoup que ce soit aussi simple que ça pour moi.

10 août

Chère maman et cher papa,

La visite de la commission s'annonce de plus en plus compliquée. Aujourd'hui, j'ai parlé avec le trio de l'atelier de tissage. Les filles sont d'accord avec Murdo. Alors j'ai décidé que j'allais dire un mensonge, que c'était la seule chose à faire. Puis je me suis mise à m'inquiéter pour Anne. Même si elle pouvait se rappeler comment mentir, elle est si petite que personne ne la croirait. Le pire dans tout ça, c'est que je ne peux pas discuter de ce problème avec ma tante et mon oncle.

11 août

Chère maman et cher papa,

Aujourd'hui, je me suis assise avec Agnès pour le dîner et je lui ai demandé de m'aider. Elle a tout de suite compris mon problème de mensonge et celui d'Anne. Finalement, elle a dit : « Laisse-moi m'occuper de tout ça. »

12 août

Chère maman et cher papa,

J'ai un poids de moins sur la conscience. Agnès a imaginé un plan pour la visite des commissaires. Je ne vais pas l'écrire ici, mais avec l'idée d'Agnès, je n'aurai pas à mentir, je ne mettrai pas tante Janet dans l'embarras et je ne perdrai pas mon emploi. Ce n'est pas vraiment Agnès qui a mis ce plan au point, mais Fred de l'atelier de la finition au mouillé. Fred a définitivement le béguin pour Agnès. Je ne sais toujours pas si c'est la même chose, du côté d'Agnès. Elle se moque pas mal de lui, mais avec une petite étincelle dans les yeux. Tout ça me semble très compliqué. On dirait que c'est presque un miracle, que deux personnes puissent tomber amoureuses l'une de l'autre en même temps et au même endroit.

Je suis rentrée à pied avec Anne et je lui ai répété sans arrêt ce qu'elle devait faire.

13 août

Chère maman et cher papa,

Opération réussie! Je suis encore leveuse de bobines à la filature de laine numéro 1 d'Almonte. Voici ce qui s'est passé.

Ce matin, M. Haskin a annoncé solennellement que les commissaires allaient nous rendre visite. Il ne se doutait pas que nous le savions déjà. Il avait le nez encore plus fin et plus blanc que d'habitude. Agnès m'a regardée et m'a fait un clin d'œil.

Nous avons attendu tout l'avant-midi. J'étais très nerveuse. Chaque fois que quelqu'un entrait dans l'atelier, j'avais l'impression que le cœur allait me sortir de la poitrine. Puis nous avons dîné. Agnès et moi avons passé en revue les détails de notre plan.

Peu après notre retour du dîner, Fred a passé la tête par l'embrasure de la porte de l'atelier et a sifflé très fort, comme les hommes et les garçons savent le faire en mettant deux doigts dans leur bouche. (J'ai souvent essayé de l'apprendre, mais tout ce que je sais faire, c'est siffler doucement, sans les doigts.) C'était le signal nous avertissant que les commissaires arrivaient. M. Haskin a fait le drôle de petit bruit qu'il fait toujours quand il est contrarié et s'est dirigé vers Fred pour le faire retourner à son travail, mais Fred avait déjà disparu. Pendant ce temps, Agnès a laissé son poste et a couru jusqu'au caisson à laine. Elle s'est penchée, faisant de son dos un marchepied.

J'ai attrapé la main d'Anne et nous avons filé jusqu'au

caisson. Tout à coup, elle s'est figée. Je lui ai dit de grimper, mais elle ne semblait pas m'entendre. Puis la grosse voix de Mme Brown a retenti. « Anne Smith, dans le caisson, et que ça saute! » Anne, l'air terrifié, a aussitôt plongé tête première dans le caisson. Je l'ai suivie. En sautant à l'intérieur, j'ai aperçu tante Janet. Elle avait les yeux ronds comme des billes.

Tandis que j'étais couchée dans la laine, je ne pouvais rien entendre et je me suis mise à me faire du souci. Et si Anne vendait la mèche? Et si M. Haskin vendait la mèche? Et si tante Janet vendait la mèche? Aurions-nous dû lui révéler notre plan? Aurait-elle été fâchée? À tout moment, je m'attendais à voir apparaître, au-dessus du caisson, la tête d'un commissaire.

Mais il n'est rien arrivé de tout ça. Le bruit des machines a continué de se faire entendre, et la laine, de flotter dans l'air. Anne était recroquevillée dans un coin, les yeux fermés. J'ai failli m'endormir. Finalement, après un bon bout de temps, un visage est apparu au-dessus du caisson. C'était tante Janet. Elle secouait la tête, l'air réprobateur, mais en même temps, elle souriait. Elle m'a aidée à sortir, et toutes les ouvrières ont applaudi en riant. Pour la toute première fois, j'ai vu Anne sourire. Il n'y avait pas trace de M. Haskin. Agnès a dit : « Vous avez perdu une heure de travail, les filles. Mais je ne crois pas que M. Haskin va le noter. »

Après le travail, j'ai demandé à Agnès si elle avait réussi à parler des toilettes aux commissaires, et elle a dit que oui. « Je leur ai dit aussi que, quand nous devons dîner à l'intérieur à cause du mauvais temps, notre nourriture est pleine de poussière. J'ai cru que M. Haskin allait exploser, mais ce qui était dit était dit. Les commissaires en ont pris bonne note. Ils étaient très respectueux. » Je lui ai demandé s'ils avaient noté son nom, et elle a répondu que oui. « Certaines ouvrières ne voulaient pas donner leur nom, a-t-elle dit. Moi, je suis fière de penser que mon nom est inscrit dans leur rapport et qu'il sera lu par des gens importants, même loin dans l'avenir. » J'ai songé au poème de Longfellow et aux pas résonnant dans le couloir du Temps.

14 août

Chère maman et cher papa,

Ce matin, tante Janet, oncle James et moi avons eu une discussion. Ma tante avait déjà raconté à oncle James que je m'étais cachée dans le caisson. Il a dit qu'il trouvait l'idée brillante, mais il a aussi tenu à me dire qu'il espérait que je n'aurais pas à travailler toujours à la filature. Je voulais lui répondre que ça ne me dérangeait pas de ne pas aller à l'école et que j'étais très heureuse de travailler. La première partie était tout à fait vraie. Je suis passée devant l'école et je sais à quoi m'en tenir. Les filles se moqueraient de moi. D'ailleurs, pourquoi faudrait-il que j'aille à l'école? Je sais déjà lire et écrire, et je sais même faire des additions.

La deuxième partie n'était pas tout à fait exacte, car certains jours, je n'ai pas envie d'aller travailler. Mais je ne veux pas aller à l'école non plus! C'est juste que, certains jours, j'ai envie de flâner ou de jouer. Je voudrais aller m'asseoir et lire au bord de la rivière, faire des excursions ou des balades en voiture, ou passer la journée à prendre le thé en bavardant et en faisant un peu de broderie. Mais quand je dis ça, c'est comme si je disais que j'aimerais être princesse.

Je n'ai pas eu l'occasion de dire un seul mot de tout ça à ma tante et mon oncle. Oncle James avait autre chose à dire. À propos de l'avenir. Il a dit qu'il y avait de bonnes chances qu'il obtienne un poste de régleur de métier à tisser, peut-être dès l'année prochaine.

« Il donne parfois un coup de main à M. Doharty, a expliqué tante Janet. M. Doharty dit qu'il apprend très vite. » Tante Janet avait l'air toute fière en disant ça, et je savais pourquoi. Le travail du régleur de métier est le plus important, à la filature (bon, d'accord, à part celui du contremaître et tout le reste). Parfois, quand les ouvriers croisent M. Doharty dans la rue, ils le saluent du chapeau.

Et ce n'était pas tout. Tante Janet a dit que, selon M. Haskin, elle pourrait probablement, avec un peu d'entraînement, devenir fille de salle dans l'atelier de tissage. La fille de salle doit superviser toutes les opérations de tissage, et c'est elle qu'on appelle si le métier se bloque parce qu'un fil de trame ou un fil de chaîne s'est rompu. C'était au tour d'oncle James d'avoir l'air tout fier. « Tu serais bien meilleure que cette Bessie Murphy, ça, c'est certain. » Ce doit être comme ça, une famille : on sent qu'on participe à la réussite de quelqu'un d'autre.

« Dans ce cas, tu n'aurais plus à travailler, m'a dit tante Janet. Nous gagnerions assez d'argent pour nous faire vivre tous les trois, et alors tu pourrais aller à la petite école, puis à l'école secondaire, et apprendre à faire plein de choses astucieuses. Ensuite, tu pourrais faire quelque chose d'extraordinaire, comme suivre une formation d'enseignante. »

Maîtresse d'école? Non! Ce serait comme de retourner à l'orphelinat. Être responsable. Essayer de faire faire aux autres ce qu'ils n'ont pas envie de faire. J'avais l'impression d'être au beau milieu d'une rivière, avec un fort courant qui m'emportait vers le reste de ma vie.

Je n'ai pu que répondre : « Est-ce que je suis obligée de devenir maîtresse d'école? »

Alors ils ont ri tous les deux, et tante Janet a dit que je pourrais faire ce que je voudrais. Puis oncle James s'est mis à me taquiner, en disant que je pourrais piloter une montgolfière ou devenir première ministre. Je n'ai rien dit à propos de devenir une princesse.

18 août

Chère maman et cher papa,
    Encore quelques lignes de Longfellow.

Il était beau de voir, réunis au même âtre,
Tous ces infortunés. En effet, chez le pâtre,
Après de longs labeurs et des courses sans fin,
Des voisins, des amis se retrouvaient enfin.

Je me demande ce qu'étaient ces longs labeurs. Peut-être dans une usine? Et ces infortunés? Ça me fait penser à des cauchemars. Je ne le dis pas à ma tante ni à mon oncle, mais on dirait que, chaque nuit, les grosses machines m'attendent avec leurs grandes dents. Le jour, c'est loin dans ma tête, mais je préférerais n'avoir jamais vu l'affreux petit bout de bras rose de Barney.

Je ne dois pas me laisser abattre. Maintenant que je connais par cœur huit strophes du poème, je les répète sans arrêt, avec le bruit du banc à filer comme musique de fond.

21 août

Chère maman et cher papa,

Aujourd'hui, nous avons travaillé très fort à la cuisine. Mme Murphy a un beau-frère qui possède une ferme du côté de Carp, et il lui a apporté plusieurs paniers de pommes. Alors elle nous a invitées à venir faire de la compote de pommes avec elle. Il faisait chaud, mais à trois, nous nous sommes bien débrouillées. L'une de nous parait les pommes et en retirait les cœurs. Une autre s'occupait de la marmite de compote, et la troisième, de la marmite à conserves. Les pommes étaient rouges. Nous leur avons laissé leur pelure pendant la cuisson, alors la compote était d'un beau rose doré.

Mme Murphy ne parle pas beaucoup au travail, mais elle est très drôle, chez elle. Il lui est arrivé toutes sortes d'ennuis dans sa vie, mais elle tourne tout à la rigolade. Une fois, elle s'est fait attaquer par un dindon. Elle sortait de l'église, avec un nouveau chapeau orné de rubans rouges. Or le pasteur avait un dindon qui avait très mauvais caractère et qu'il gardait enfermé au poulailler. Mais ce matin-là, le dindon s'était échappé. « J'étais là, en train de faire mes politesses du dimanche, a dit Mme Murphy, quand cet énorme dindon enragé, toutes plumes dehors, s'est précipité sur ma tête. » Le dindon a fait tomber le chapeau et, quand Mme Murphy s'est penchée pour le ramasser, l'oiseau lui a encore sauté dessus et l'a renversée. Alors elle a essayé de le chasser avec son ombrelle. M. Houghton (« qui a deux fois l'âge de Mathusalem, mais qui est très galant ») est venu à sa rescousse, mais tandis qu'il l'aidait à se relever, le dindon s'est attaqué à lui, et M. Houghton s'est retrouvé par terre, lui aussi. « Puis le dindon, ravi de sa double victoire, s'est mis à se pavaner sur nous et à nous picoter. »

En écoutant Mme Murphy raconter son histoire, on avait l'impression d'y être. Nous avons failli faire brûler une chaudronnée de compote, tellement nous riions. Plus tard, au beau milieu d'une discussion sur un tout autre sujet, elle a dit, l'air un peu triste : « Je ne sais pas pourquoi ce dindon en voulait tant à mon chapeau. Je le trouvais très beau, moi. » Ma tante et moi nous sommes remises à rire de plus belle.

Un des meilleurs moments, quand on fait de la compote, c'est quand on jette un coup d'œil dans le chaudron et que tous les morceaux de pommes ont explosé, comme des fleurs en train d'éclore. Mais le meilleur moment, c'est quand on a terminé, que tous les pots de compote sont alignés, qu'on se lave les mains toutes collées et qu'on s'assoit pour prendre le thé avec un bol de compote de pommes toute chaude. Alors on se sent heureuse et vertueuse, deux sentiments qui ne vont pas toujours ensemble, quoi qu'on en dise à l'église.

Avant de retourner chez nous, nous nous sommes assises sur le seuil de la maison afin de profiter de la brise du soir. Au loin, nous entendions une fanfare qui répétait, mais Mme Murphy ne pouvait pas l'entendre.

« J'ai perdu l'ouïe à l'usine, a-t-elle dit. Dix ans de ce vacarme, et vous n'entendez plus les sons faibles. Bizarre : ce n'est pas tant le chant des oiseaux qui me manque que celui des grenouilles. Le cri aigu des grenouilles m'a toujours fait penser au printemps. »

J'ai dit que c'était dommage, et elle a simplement répliqué : « Que veux-tu? C'est bruyant, une filature. Mais on ne peut rien y faire. »

25 *août*

Chère maman et cher papa,

Depuis que les commissaires sont venus nous rendre visite, quelque chose a changé à la filature. Je ne saurais dire quoi exactement, sauf qu'on a l'impression qu'un orage est sur le point d'éclater. Aujourd'hui, il y a eu « quelques ondées », comme dirait Longfellow. Alors nous sommes restés à l'intérieur pour le dîner. La pluie fouettait les vitres, et Agnès a dit : « Regardez-moi toute cette grisaille. Faisons quelque chose d'amusant. Tiens, je vais vous chanter une chanson ». Agnès est de nature gaie et elle a une voix magnifique. Elle n'a qu'à ouvrir la bouche, et une chanson en sort toute seule. Elle nous a donc chanté une chanson drôle à propos d'un homme et d'un cochon fugueur.

Les rires nous sortaient de la bouche comme l'eau d'un moulin. Nous étions tous tordus de rire (sauf Anne, comme de raison, qui ne sait pas rire), quand M. Haskin est arrivé. Il a dit quelque chose, mais nous n'avons pas bien entendu à cause des rires que nous tentions d'étouffer. Alors il a voulu taper des mains pour nous rappeler à l'ordre, mais ses deux mains se sont ratées. Ça m'arrive quand j'essaie d'attraper une balle et que je manque mon coup. En tout cas, je sais que ce n'était pas gentil, mais nous étions incapables de nous retenir de rire. M. Haskin est devenu rouge comme une betterave et a dit, d'un ton sévère : « Les rires sont interdits dans l'atelier de filature ».

Nous nous sommes calmées. Puis Agnès a dit : « Mais monsieur, il me semble que nous avons le droit de rire durant l'heure du dîner ».

M. Haskin, qui bafouillait, a répété : « Les rires sont interdits dans l'atelier de filature ». Puis il a tourné les talons, et c'est là qu'Agnès s'est mise à applaudir, très lentement. Je ne sais pas pourquoi, mais c'était très choquant.

M. Haskin s'est retourné et a fixé Agnès. Elle l'a regardé droit dans les yeux en continuant d'applaudir. M. Haskin avait l'air du méchant chien roux de la rue Albert, qui vous regarde en grognant. Au lieu de rire, M. Haskin a dit : « Mlle Bamford, vous êtes une impertinente ». Puis il est parti.

Je ne sais pas pour les autres, mais moi, j'étais complètement catastrophée. Pas Agnès. Relevant la tête d'un air fier, elle a dit : « Ce que nous faisons durant notre heure de dîner ne regarde pas M. Haskin. Allez, au travail, les filles! »

Tante Janet a dit qu'Agnès Bamford devrait faire attention, si elle tenait à sa place. Moi, je ne pouvais pas m'empêcher de penser que, dans la Bible, on dit qu'il y a un temps pour pleurer et un temps pour rire, alors notre heure de dîner devrait être un temps pour rire, non? C'est peut-être une impertinence, ça aussi, même juste en pensée.

26 août

Chère maman et cher papa,

Ce matin, alors que nous venions tout juste de nous mettre au travail, M. Haskin a dit à Agnès de fermer sa machine et de le suivre dans son bureau. Elle n'est pas revenue. Personne ne sait pourquoi. Quand M. Haskin est revenu, il a dit que tante Janet allait s'occuper de la machine d'Agnès, en plus de la sienne.

À la fin de la journée, tante Janet était très fatiguée. À la maison, j'ai essayé de faire un peu plus de tâches que d'habitude.

27 août

Chère maman et cher papa,

Il y a vraiment quelque chose qui ne tourne pas rond, car Agnès était encore absente aujourd'hui, et c'était jour de paie. Comment va-t-elle faire, sans son salaire? Murdo et moi sommes passés devant chez elle en rentrant du travail, mais nous n'avons vu personne à qui demander des nouvelles.

28 août

Chère maman et cher papa,

Aujourd'hui, Kathleen et moi sommes allées cueillir des mûres. Elle connaît les meilleurs endroits. Nous en avons ramassé beaucoup : une pour le plat et deux pour notre estomac, et encore deux pour le plat et trois pour notre estomac. Ma tante en a fait un pouding d'été. On tapisse le fond d'un plat à pouding avec des tranches de pain et on recouvre de mûres jusqu'au bord, puis on couvre avec une assiette, on dépose un gros chaudron de fonte sur le tout et on laisse reposer. Quand on démoule, le jus des mûres s'est imbibé dans le pain, qui est d'une belle couleur violette. Nous en avons mangé pour le souper, avec une garniture de crème. Si la cuisinière de l'orphelinat connaissait la recette du pouding d'été, elle s'est bien gardée de nous en faire profiter.

29 août

Chère maman et cher papa,

Ce matin, M. Haskin nous a dit qu'Agnès ne travaillerait plus à la filature. Il n'a même pas eu le courage de nous dire qu'elle avait perdu sa place jusqu'à ce que Mme Brown le lui demande. Alors il l'a admis et a disparu pour le reste de l'avant-midi.

Au dîner, les travailleurs de partout dans l'usine ne

parlaient que de ça. Les gens étaient en colère. Ils disaient que c'était injuste. Des femmes disaient qu'Agnès était une excellente ouvrière en filature. Fred Armstrong a dit que les commissaires devraient être mis au courant, mais personne ne savait comment les joindre. D'autres disaient qu'Agnès l'avait bien cherché, en étant si effrontée avec M. Haskin et en osant parler aux commissaires. Mais personne n'a pris le parti de M. Haskin.

Je n'ai pas dit un mot parce que je suis juste une jeune fille et que je ne connais rien là-dedans. Mais je sais qu'Agnès était une bonne personne, qui savait rendre le travail agréable de mille et une façons et qui s'était montrée accueillante pour la nouvelle recrue que j'étais.

Durant l'après-midi, aucune de nous n'a pu travailler fort, et l'atmosphère était plutôt lourde.

J'ai retiré le poème de la machine d'Agnès et je l'ai mis dans ma poche.

30 août

Chère maman et cher papa,

À travers les rameaux que la lumière dore,
La prière et le chant, le soir comme à l'aurore,
S'élèvent vers les cieux, tel un divin encens.

1er septembre

Chère maman et cher papa,

Ce n'est pas une bonne semaine. Agnès me manque. Quelqu'un a dit qu'elle était partie chez sa sœur aînée à Toronto. J'espère qu'elle aime la grande ville. Ce que j'aimais d'Agnès, c'est qu'elle n'était pas toujours docile. À l'orphelinat, j'essayais d'être toujours obéissante. Pas parce que je suis si parfaite que ça, mais parce que je n'avais pas le choix. Les enfants qui n'étaient pas dociles avaient la vie dure. Mais depuis que je suis venue ici, à Almonte, et que j'habite avec ma tante et mon oncle, j'ai vu qu'ils n'attachaient pas une si grande importance que ça à la docilité, et je me suis dit que, quand je serais une adulte, je ne serais pas obligée de me montrer docile. Maintenant, je me dis qu'on finit toujours par tomber sur un M. Haskin qui vous oblige à courber l'échine.

Je sais que ma tante n'est pas d'accord avec moi au sujet d'Agnès, alors je ne peux en parler à personne, sauf à Mungo.

3 septembre

Chère maman et cher papa,

Mungo adore essayer d'attraper un bout de laine. Lorsque je traîne le fil sur le plancher devant lui, il le fixe intensément, puis fait un grand bond pour l'attraper. Il lui arrive de glisser ou de rouler en boule sur le plancher, mais il n'abandonne jamais. Mon oncle dit qu'il va devenir un expert souricier.

Aujourd'hui, quand nous sommes rentrés du travail après avoir fait quelques courses, nous avons découvert que Mungo était allé dans le panier à tricot de ma tante. Il en avait sorti une balle de laine et l'avait toute déroulée dans la cuisine. La laine était enroulée autour des chaises et de la table, et le reste avait roulé sous le poêle. Quand nous avons ouvert la porte, j'ai cru un instant que Mungo et moi allions avoir des ennuis. Mais tante Janet et oncle James ont ri. Mon oncle a traité Mungo de petite peste, et ma tante a dit que ça ressemblait à une toile d'araignée. Heureusement que les chatons ont le droit de ne pas être dociles.

6 septembre

Chère maman et cher papa,

Aujourd'hui, le temps était doux, avec un peu de vent, alors Murdo, Kathleen et moi avons avalé notre dîner en moins de deux et nous sommes allés faire un petit tour en ville. Nous sommes passés devant l'école secondaire. C'était la récréation.

Des garçons jouaient au baseball. Les filles étaient assises et bavardaient. J'ai pensé à l'idée de ma tante et de mon oncle de m'envoyer à l'école. Peut-être que ça me plairait. La vérité vraie : je ne sais pas si je veux aller à l'école, mais j'aimerais bien me lever plus tard le matin et porter de jolis vêtements d'écolière. Je ne crois pas que ce soit de bonnes raisons de vouloir aller à l'école secondaire. Mais comme il n'en est pas question avant l'année prochaine, ce n'est pas la peine de s'en faire avec ça.

10 septembre

Chère maman et cher papa,

Ma tante et moi nous sommes lancées dans le grand ménage. Mon oncle dit que ma tante a sa crise de ménage du printemps en plein automne. Tous les soirs après le travail, nous n'avons pas lâché. Nous avons épousseté, dépoussiéré, lavé, frotté, ciré meubles et planchers, et passé le poêle à la mine de plomb. Mon oncle a trouvé refuge dehors, et Mungo, sous mon lit.

11 septembre

Chère maman et cher papa,

Aujourd'hui, c'était le monde à l'envers. Murdo et Kathleen sont venus cet après-midi. Leur mère leur avait demandé d'aller porter de la compote de pommes aux demoiselles Steele et ils voulaient savoir si je viendrais avec eux. Je ne savais pas qui étaient ces demoiselles Steele, alors Murdo a dit : « Tu sais bien : elles portent des écureuils morts autour du cou ». Kathleen lui a donné une tape sur la tête pour son insolence, mais elle riait quand même. Je me suis alors rappelé qui étaient ces femmes.

Les demoiselles Steele sont deux vieilles dames de notre église. Elles sont très grandes et très minces, et leurs vêtements sont usés et pas toujours très propres. L'une a les cheveux gris, et l'autre, blancs. Mais ce qu'elles ont de plus remarquable, ce sont les étoles de fourrure qu'elles portent, même en été. On dirait une écharpe de fourrure, avec une queue à un bout et une tête avec des yeux de verre à l'autre bout. La gueule est une pince qui va mordre la queue. La fourrure est tout usée, mais les yeux sont bien brillants et ont l'air réels. J'ai échangé bien des regards avec ces yeux-là durant les sermons du révérend Parfitt.

Tante Janet a dit que je pouvais y aller. Nous sommes passés devant l'église presbytérienne réformée, puis nous avons longé la rivière. Je cherchais une maison, mais il n'y avait que des champs.

Puis nous sommes arrivés devant une grande maison de pierres perchée au haut d'une colline qui surplombe la rivière. J'ai demandé à Kathleen si les demoiselles Steele étaient servantes dans cette maison, et elle a répondu que la maison leur appartenait. Je n'en revenais pas. C'était une superbe demeure. Elles devaient être riches. Pourquoi alors avaient-elles l'air si pauvres?

Les demoiselles Steele nous ont invités à entrer. Elles portaient plusieurs couches de vêtements (mais pas d'écureuils) et, quand nous sommes passés au salon, j'ai compris pourquoi. Il y faisait froid comme dans un endroit qu'on n'a jamais chauffé. C'était très sombre aussi.

La pièce était si pleine de meubles et d'autres objets que je ne savais plus où regarder. Les murs étaient complètement couverts de tableaux : des navires, des forêts, de belles dames, de la vaisselle sur une table, des tempêtes sur la mer, des bouquets de fleurs. Mes yeux ne savaient plus où se poser, et c'est pourquoi je n'ai pas vraiment regardé avant de m'asseoir dans le fauteuil et que je n'ai pas vu la poule. On ne s'attend pas à trouver une poule dans un fauteuil. La poule n'a pas aimé que je m'assoie sur elle, alors elle a protesté en gloussant et en battant des ailes, et je me suis retrouvée par terre. Kathleen restait là, la bouche grande ouverte, et Murdo avait le fou rire, mais les demoiselles Steele n'avaient pas l'air de s'en faire. Elles m'ont offert un bonbon dans une bonbonnière en argent toute noircie. « Prends une de ces friandises, a dit la demoiselle aux cheveux gris. Ce sont nos préférées. » Puis elle a offert un cigare à Murdo! « Père a toujours aimé fumer un bon cigare », a dit la demoiselle aux cheveux blancs. Murdo allait le prendre quand Kathleen s'est interposée et a dit qu'il était trop jeune pour fumer. La poule a disparu derrière le canapé, la bonbonnière a été passée une seconde fois, puis les demoiselles Steele ont ouvert le sac de papier qui contenait les pots de compote. Elles étaient ravies. La demoiselle aux cheveux gris s'est levée et a retiré un tas de photographies, de bibelots et de tapis de tables de ce qui s'est avéré être un piano, et elle nous a joué un morceau. Elle jouait avec beaucoup d'entrain.

La demoiselle aux cheveux blancs a applaudi très fort. « Charlotte est la musicienne. Moi, je suis l'artiste. Nous avons beau être jumelles, nous avons des talents différents. » Elle montrait du doigt les peintures sur les murs. « Elles sont toutes de moi », a-t-elle dit.

« Une aquarelliste de talent », a dit la demoiselle aux cheveux gris.

Je savais qu'il ne fallait surtout pas que je regarde Murdo parce que nous aurions tous les deux éclaté de rire. Heureusement que Kathleen était là, à faire la conversation, jasant de la pluie et du beau temps, comme les adultes le font.

Nous étions dans l'entrée, sur le point de partir, quand le meilleur (ou le pire) s'est produit. Il y a eu du bruit dans une pièce attenante, et un gros mouton est sorti de derrière la porte! « Ah! te voilà, Polly, a dit la demoiselle aux cheveux gris. Polly aime bien le vestibule. »

C'était comme la cerise sur le gâteau. Murdo a été obligé de faire comme s'il avait une quinte de toux et il s'est précipité dehors. Kathleen et moi avons réussi à faire convenablement nos salutations, mais une fois dehors, nous nous sommes éloignées au plus vite de la maison avant de nous mettre à hurler de rire.

Sur le chemin du retour, Kathleen m'a raconté ce qu'elle savait de l'histoire des Steele. M. Steele (le père qui fumait le cigare) avait gagné pas mal d'argent avec un moulin à farine et il a construit cette grande maison. Puis il y a eu un conflit à propos de l'utilisation des eaux, et il a perdu sa fortune, puis il est mort. Ses deux filles, qui ne se sont jamais mariées, ont simplement continué d'habiter la maison.

« Alors est-ce qu'elles sont pauvres? » ai-je demandé.

« En argent, oui, a dit Kathleen. En propriété terrienne, non. »

Murdo n'arrêtait pas de répéter : « Polly aime bien le vestibule ».

Riches et pauvres à la fois. C'est le monde à l'envers.

12 septembre

Chère maman et cher papa,

M. Flanagan a annoncé que nous ne ferions que des demi-journées, cette semaine. Il a dit quelque chose à propos de l'approvisionnement en laine, qui est insuffisant. Je vais être bien contente de terminer tous les jours à midi, mais oncle James dit que ce ne sera pas aussi drôle, le jour de la paie.

13 septembre

Chère maman et cher papa,

S'il y a quelqu'un de très content à propos des demi-journées de travail, c'est bien Mungo. De son point de vue, la journée d'un humain devrait se dérouler comme ceci :

Dormir jusqu'à 8 h 30
De 8 h 30 à 9 h : caresser le chat
9 h : se lever et donner de la crème au chat
9 h à midi : jouer à attraper le bout de laine avec le chat
Midi à 3 h : faire la sieste
3 h à 4 h : caresser le chat
4 h à 5 h : donner encore de la crème au chat, avec un beau morceau de poisson
5 h à 8 h : jouer à faire sauter le chat dans un sac en papier
8 h à 9 h : donner une collation au chat (du foie, c'est parfait), caresser le chat
9 h : laisser le chat sortir afin qu'il puisse s'occuper de sa vie personnelle.

14 septembre

Chère maman et cher papa,

Cette semaine, nous avons beaucoup plus de temps que d'habitude pour lire le journal. L'histoire de la comtesse Narona, de Wilkie Collins, est de plus en plus sombre et inquiétante. Tout le monde croit que la comtesse a tué lord Montbarry à cause de sa fortune. Je sais déjà que cette histoire ne convient pas à une jeune fille comme moi, mais nous voulons tous savoir ce qui va se passer ensuite, alors nous ne discutons pas de ce qui est convenable ou non.

16 septembre

Chère maman et cher papa,

Oncle James est allé à la pêche tous les après-midi, cette semaine. Je n'aime pas particulièrement le poisson, mais Mungo est heureux.

17 septembre

Chère maman et cher papa,

Oncle James avait raison. La paie était bien maigre aujourd'hui. Il n'y aura pas de crème pour Mungo, cette semaine. Ma tante dit que nous n'avons qu'à faire semblant d'avoir passé une semaine de vacances, comme lord Montbarry et la comtesse. Mais au lieu d'aller à Venise, nous nous sommes rendus au spectacle à l'hôtel de ville, un spectacle donné par les élèves de l'école secondaire.

La salle était pleine à craquer. Il y a eu des récitations et de la musique, mais le meilleur, c'était la « Brigade des balais ». Neuf filles un peu plus âgées que moi étaient habillées en soldats, mais au lieu de fusils et de baïonnettes, elles avaient des balais et des pelles à poussière. Leur professeur, M. Tullis, leur donnait des ordres, comme : « La charge de la cavaleric! », et elles se déplaçaient toutes dans un même mouvement, brandissant leurs balais, ou encore elles claquaient des talons en se mettant au garde-à-vous, le balai posé sur l'épaule. C'était très agréable de les voir manœuvrer en décrivant des mouvements bien ordonnés comme ceux d'un tissage. Elles ont fait leur sortie en balayant derrière elles. Les spectateurs ont tellement apprécié qu'ils ont applaudi jusqu'à ce que les filles reviennent sur scène pour refaire leur numéro.

Sur le chemin du retour, oncle James m'a appelée « capitaine Rutherford », et nous avons tous marché au pas militaire. Mais ma tante et moi étions d'accord pour dire que ce n'était pas si amusant que ça, de balayer. Puis nous nous sommes demandés comment ce serait si toutes les femmes se rassemblaient pour aller balayer et faire le ménage dans toutes les maisons, en belle formation militaire. Ma tante a dit qu'une fois le ménage terminé chez tout le monde, elle crierait : « Repos! ». Et toutes les femmes s'assoiraient et prendraient le thé en se racontant des histoires.

18 septembre

Chère maman et cher papa,

On peut dire que c'était la semaine militaire. Ce soir, Murdo, Kathleen et moi revenions de la rivière, où Murdo et moi nous étions amusés à faire des ricochets sur l'eau, quand nous avons entendu le son d'une fanfare, qui semblait venir du magasin de M. Mitcheson. Quand nous sommes arrivés là, nous avons vu la fanfare locale qui donnait un concert sous le lampadaire. Au moment même où ils ont fini, nous avons entendu le même morceau résonner plus loin, puis nous avons vu apparaître, au bout de la rue, l'Armée du Salut avec sa propre fanfare. Alors le chef de la fanfare locale a fait reprendre le morceau par ses musiciens et, finalement, tout le monde a joué ensemble. L'Armée du Salut est passée devant nous, et tout le monde a continué de jouer. Quand l'Armée du Salut a rebroussé chemin et qu'elle est repassée sous le lampadaire, une énorme foule s'était rassemblée entre l'hôtel de ville et l'atelier de tissage numéro 2. Même M. Flanagan, sa femme et leur fils étaient là. Tout le monde chantait et tapait des mains. Malheureusement, à la fin, de méchants garçons de l'école secondaire se sont mis à lancer des œufs sur l'Armée du Salut. Pourquoi les garçons sont-ils toujours comme ça? Si j'avais un frère, j'arriverais peut-être à comprendre.

22 septembre

Chère maman et cher papa,

Ce n'est pas seulement dans l'univers de Wilkie Collins qu'il y a des intrigues et des criminels. Il y en a ici même à Almonte. Ce matin, en me rendant à la filature, j'ai remarqué une affiche accrochée au gros arbre, en bordure du terrain de la foire. Je l'ai lue à ma tante et mon oncle. Ça disait : Arrêtons le voleur de chevaux. Dessous, il y avait la description d'un cheval qui a été volé à M. Dick Langford : brun foncé avec une tache blanche sur le museau, et les pattes postérieures blanches.

« Oh! je connais ce cheval, a dit oncle James. Il est conduit par un vieux monsieur tout maigre et à l'air aigri, qui vient les jours de marché. » L'affiche disait ensuite que le voleur était Georges Goodwin, alias St-Georges, alias Brennan, mesurant et pesant tant et tant, aux cheveux blonds roux, âgé de 24 ans, au visage étroit et anguleux, etc. Ça disait que quiconque l'apercevait devait « s'emparer de son cheval, quel qu'il soit » et en avertir aussitôt l'agent de police du comté.

Je ne connaissais pas le mot « alias », mais je me suis dit que ça devait signifier « quelqu'un qui utilise plusieurs noms ». Je ne savais pas qu'on pouvait avoir le nom d'un saint comme nom.

Oncle James a dit que c'était dommage qu'on ne parle pas d'une récompense sur l'affiche. Autrement, nous aurions pu nous lancer à la poursuite du voleur de chevaux et devenir riches.

23 septembre

Chère maman et cher papa,

Aujourd'hui, nous avons encore eu une demi-journée de congé. Oncle James dit que nous ne devons surtout pas nous habituer à ce régime, sinon nous voudrons mener une vie de pacha, comme les propriétaires d'usine.

La raison de ce congé était la foire d'automne. Nous sommes partis pour la foire tout de suite après le dîner.

Nous sommes arrivés à temps pour assister à la compétition d'équitation. Il y avait des prix pour la meilleure cavalière et le meilleur cavalier, et pour le meilleur conducteur de voitures à un cheval et à deux chevaux, catégories femmes, hommes et garçons de moins de 16 ans. Les chevaux portaient leurs plus beaux atours, et les gens aussi. Mais ce n'était pas aussi spectaculaire que Charles Fish au cirque. Ensuite il y a eu une course d'un mille à bicyclette. Murdo a dit que, s'il avait eu trois souhaits, il en aurait utilisé un pour demander d'avoir une bicyclette et, s'il n'en avait eu qu'un seul, il l'aurait quand même utilisé pour demander une bicyclette.

À l'intérieur de la salle d'exposition, il y avait des tables couvertes de toutes sortes de fruits et de légumes, dont une citrouille qui était si grosse que je ne pouvais pas en faire le tour avec mes deux bras. Les produits gagnants étaient indiqués par un ruban. Il y avait des fleurs, des confitures et des marinades, et toutes sortes de choses faites à la main : des catalognes, des châles, des bas, des mitaines et des courtepointes. Tante Janet et moi sommes restées longtemps à admirer les travaux de tricot, de crochet, de broderie et de dentelle. Nous avons décidé que, l'année prochaine, nous allions nous y mettre très tôt et participer à cette compétition. Il y avait une compétition de « pelotes à épingles de fantaisie pour filles de moins de 14 ans », qui a été remportée par une certaine Minnie Prentice. Son ouvrage n'était pas si fameux que ça. Je me suis dit que, l'année prochaine, je pourrais sûrement me classer à cette compétition de pelotes à épingles.

Les étalages de pâtisserie (tartes, pains, gâteaux, biscuits, tartelettes) nous ont donné très faim, alors nous sommes tous allés nous régaler de thé et de gâteaux dans la tente à rafraîchissements.

Ensuite, nous sommes ressortis pour aller voir les animaux (chevaux, vaches, cochons, poules). Mes préférés étaient les gros chevaux de trait. Ils ont l'air si forts et si patients!

24 septembre

Chère maman et cher papa,

Ce soir, nous avons fait la tonte des toisons. C'est ce que dit oncle James quand tante Janet nous coupe les cheveux. Elle fait bien attention, en s'assurant que tout est bien égal. Quand elle coupe les cheveux d'oncle James, elle se plaint de ses rosettes, mais elle fait seulement semblant. Avec moi, elle brosse longtemps, puis elle coupe la largeur d'un peigne à la fois. J'ai fermé les yeux, et j'ai fait comme si c'était toi, maman, avec le joli son des ciseaux, les caresses sur mon visage, et les mains qui me font tourner la tête pour vérifier le résultat. J'aurais voulu que ça dure encore bien plus longtemps.

27 septembre

Chère maman et cher papa,

Aujourd'hui, pendant notre heure de dîner, le père de Murdo est monté à l'atelier de filature pour nous raconter qu'il y avait eu un meurtre. Il nous a dit que M. Langford, le vieux monsieur qui s'était fait voler son cheval, avait été retrouvé mort dans sa grange. Il y a quelques jours, le voisin de M. Langford a remarqué que le vieux n'était pas sorti pour travailler, alors il est allé vérifier et a trouvé le corps dans la grange. Quelqu'un avait frappé M. Langford sur la tête avec une barre de fer. La police a fait venir un détective afin de trouver le coupable. Bien sûr, nous nous sommes tous demandé si ce n'était pas l'homme dont on parlait sur l'affiche. Mais cette fois, nous n'avions plus envie de blaguer.

29 septembre

Chère maman et cher papa,

Du nouveau à propos du meurtre, aujourd'hui. Le père de Murdo connaît le cousin de l'agent de police du comté. Il lui a dit que le détective avait fait une très étrange et surprenante découverte. À ce qu'il paraît, il y avait des traces de pas boueuses dans la maison de M. Langford et aussi sur son lit, et ce n'étaient pas les siennes. Les empreintes avaient été laissées par de gros bas mouillés. « On dirait que le meurtrier a réglé son compte au vieux, puis est allé se coucher dans son lit. » Et ce n'est pas tout. On dit que le voleur de chevaux porte habituellement des mocassins en cuir. « Ça ou des gros bas mouillés, c'est pas mal la même chose, à mon avis », a dit le père de Murdo.

Je suis à la fois contente et mécontente que M. Campbell nous ait raconté cette histoire. Pour une histoire inventée, c'est très bien, avec le détective, l'intrigue et tout. Mais quand je pense au vieil homme mourant, étendu dans sa grange toute la nuit, alors que le meurtrier dormait dans son lit bien confortable, je me sens triste et effrayée. Ça ne s'est pas passé dans une autre ville ou dans un pays lointain, mais ici même, chez nous. J'espère qu'ils vont retrouver le meurtrier et le jeter en prison.

30 septembre

Chère maman et cher papa,

Il y avait encore un chapitre de l'histoire de lord Montbarry dans le journal d'aujourd'hui, mais nous n'avions pas envie de lire des histoires de meurtre, même si c'est dans un roman.

1ᵉʳ octobre

Chère maman et cher papa,

Octobre. Je n'aime pas ce mot, octobre. Octobre est le plus triste de tous les mois. Évidemment, je pense surtout à vous. Quand je suis arrivée à l'orphelinat, il y avait une seule personne gentille là-bas : la cuisinière. Elle seule me parlait de vous. Un jour, elle m'a trouvée en pleurs, alors elle m'a serrée dans ses bras et m'a dit : « Octobre est un bien mauvais mois pour mourir ». Je ne comprenais pas ce qu'elle voulait dire. Je n'avais que cinq ans, presque six. Je ne comprends toujours pas ce qu'elle voulait dire. Est-ce qu'il y a un bon mois pour mourir? Mais grâce à elle, je me suis sentie moins seule. Elle sentait les pommes. Ou était-ce toi, maman, qui sentais les pommes?

2 concombre

Chère maman et cher papa,

Aujourd'hui, après l'office, Kathleen, Murdo et moi sommes allés nous asseoir près de la chute. Il faisait bon et le moment était agréable, mais je n'étais pas très joyeuse. Kathleen, qui sait être gentille quand elle cesse de se croire supérieure, a remarqué mon humeur triste. J'ai fini par leur raconter pourquoi je n'aimais pas le mois d'octobre. Au début, ils ne savaient pas quoi dire, mais soudain, Murdo a ramassé un gros bout de bois et l'a lancé dans la rivière. « Voilà ton mois d'octobre, a-t-il dit. Parti! Maintenant, nous n'avons plus qu'à donner un autre nom à la période de temps qui se trouve entre septembre et novembre. »

Nous avons décidé que ce devait être un mot qui se terminerait en « -bre ». Nous avons pensé à « timbre », « nombre » et « ombre ». Puis Murdo a pensé à « concombre », ce qui nous a bien fait rire. Alors ce sera « concombre ».

Aujourd'hui, un missionnaire venu d'Asie Mineure était à notre église. Il avait un nom extraordinaire : Garabed Nergarian. Il portait un magnifique costume oriental et il a chanté un cantique en arménien. Je suis certaine que c'est le plus étrange cantique qui ait jamais résonné dans les murs de l'église St. John. Je me demande comment on fait pour devenir missionnaire. Il faut probablement être très intelligent, apprendre des langues étrangères, etc.

3 concombre

Chère maman et cher papa,

Parfois, à la filature, le bruit des machines me fait tourner des mots à répétition dans la tête. Aujourd'hui, c'était « Garabed Nergarian ». Tous les jours, j'emporte dans ma poche le poème d'Agnès, mais je ne le lis pas parce que ça me rend triste de penser à elle. Je crois quand même qu'il est temps que j'apprenne une autre strophe : comme ça, j'aurai d'autres mots qui me tourneront dans la tête.

4 concombre

Chère maman et cher papa,

Je connais une nouvelle strophe par cœur, maintenant :

Écoutez un récit que disent, tour à tour,
Et l'océan plaintif, et les bois d'alentour.
C'est un poème doux que le cœur psalmodie,
C'est l'idylle d'amour de la belle Acadie!

6 concombre

Chère maman et cher papa,

J'ai eu un mal de chien à allumer le poêle, ce matin. Quand je me réveille avant ma tante et mon oncle, j'allume le poêle et prépare le thé. Mais ce matin, c'était la catastrophe. J'ai enlevé les cendres et préparé le feu avec du papier et du petit bois, comme d'habitude. Mais là, la fumée s'est répandue dans toute la pièce, et je ne savais pas quoi faire. Je ne voulais pas éteindre le feu en jetant de l'eau dessus parce que ça aurait fait un énorme dégât.

Au moment où je me disais qu'il me faudrait aller chercher de l'aide, oncle James est entré dans la pièce. Il a éteint le feu, puis a allumé un bout de papier et l'a tenu à l'entrée du tuyau du poêle durant une minute ou deux avant de refaire le feu. « Un jour comme aujourd'hui, humide et sans vent, la cheminée refuse de tirer si on ne la réchauffe pas d'abord un petit peu », a-t-il expliqué. J'ai dit que j'étais désolée, mais il ne m'a pas grondée du tout. Il a ouvert la fenêtre et aéré la pièce. Quand tante Janet s'est levée, elle a dit que nous sentions tous deux la fumée. « Oui, a dit mon oncle. M. Haskin va vouloir faire griller Flore pour son déjeuner, comme du bacon. Je le laisserais faire si j'étais vous. Il a besoin d'engraisser un peu, celui-là. »

8 concombre

Chère maman et cher papa,

Le temps se rafraîchit. Il me faut de nouvelles chaussures. Les miennes sont encore bonnes, mais elles sont devenues trop petites. À l'orphelinat, nos chaussures arrivaient dans les paquets de nos donateurs et, la plupart du temps, elles ne nous allaient pas bien. Mais la dernière fois, j'ai eu de la chance, car mes chaussures étaient exactement de la bonne pointure et avec assez de jeu pour mes pieds. Maintenant, elles me serrent trop. J'aimerais tellement pouvoir convaincre mes pieds de cesser de grandir. Mes chaussures me vont encore pour le court trajet jusqu'à l'église, mais je crois que je ne peux plus marcher jusqu'à la filature. Je n'ose pas demander de nouvelles chaussures à ma tante et mon oncle, car ça coûte très cher.

9 concombre

Chère maman et cher papa,

Mme Parfitt, la femme du pasteur, a organisé une classe d'enseignement biblique qui a lieu l'après-midi, après l'office, dans le presbytère. Tante Janet et moi avons décidé d'y assister. Nous sommes une dizaine, dans la classe. Ma tante, Maggie Menzies et moi sommes les seules personnes de la filature. Mme Parfitt a servi le thé dans de jolies tasses, avec des scones.

Après l'enseignement biblique et les scones, Mme Parfitt nous a lu un poème. Il a été écrit par une jeune enfant-ouvrière, il y a plusieurs années. Je ne savais pas que les gens ordinaires pouvaient être poètes. Il commence de cette façon :

« Nous qui devons travailler à la sueur de notre front,
Qu'avons-nous à nous mettre sur le dos? »

Le poème parle de Dieu qui doit filer et tisser, qu'il pleuve ou qu'il vente au Paradis.

« Pour nous, sans cesse Ses bobines virevoltent,
Et Ses navettes s'envolent à toute vitesse. »

À la fin, Dieu tisse « des voiles de lumière » pour tous ceux et celles qui doivent travailler à la sueur de leur front.

J'adore la façon dont l'auteure utilise des mots ordinaires, comme « bobines » et « navettes », à côté de mots recherchés comme « vêture », au lieu de dire simplement « vêtements ». Je vous imagine, au Ciel, portant de blanches vêtures, sous le soleil et la pluie, dans l'immensité du Paradis. Je n'avais jamais pensé qu'il pouvait pleuvoir au Paradis.

10 concombre

Chère maman et cher papa,

Aujourd'hui, tante Janet a dit que la question posée par l'enfant-ouvrière « Nous qui devons travailler à la sueur de notre front, Qu'avons-nous à nous mettre sur le dos? » lui a rappelé que j'avais besoin de vêtements chauds et de chaussures pour l'hiver. Samedi prochain, nous allons acheter du tissu. Je me suis souvenue des bas que je tricotais pour oncle James. Je vais m'y remettre. Ma tante tricote un châle.

11 concombre

Chère maman et cher papa,

La grande nouvelle d'hier, c'était un feu, mais un feu qui avait été allumé exprès. Les pompiers voulaient s'exercer à utiliser leur nouveau bateau-pompe, alors ils ont mis le feu à un gros tas de branches au bord de la rivière, près de l'hôtel de ville. Murdo et moi sommes allés les voir. C'était une énorme flambée, et il y avait des centaines de spectateurs. Dans la lueur du feu, tout le monde avait l'air d'étrangers, même les gens que je connaissais : des gens de la filature, des magasins et de l'église, et même Murdo. Pas tout à fait des étrangers, car je reconnaissais bien le révérend Parfitt ou M. Cunningham, l'épicier, mais ils n'étaient pas comme d'habitude; ils avaient l'air sortis d'un conte de fées : le sorcier boucher, la fée maîtresse d'école. Je suppose que, moi, j'avais l'air de la fée Flore.

Quand les flammes ont été très hautes, les pompiers les ont arrosées avec leurs énormes boyaux à incendie. La foule a applaudi avec frénésie. Murdo a dit qu'il voulait devenir pompier.

15 concombre

Chère maman et cher papa,

Aujourd'hui, c'était jour de magasinage. Après le travail, ma tante et moi nous sommes rendues au magasin général. Nous avons acheté de quoi faire deux robes, une pour elle et l'autre pour moi, et de la flanelle pour faire une chemise à mon oncle. Ma robe va être bleue avec de petites fleurs blanches, et celle de ma tante, brune. La chemise sera grise. Avec l'argent de ma paie, j'ai acheté une balle de coton à crocheter, car ma tante a dit qu'elle allait me montrer comment faire de la dentelle au crochet. Nous avons pris beaucoup de temps à magasiner et nous avons tout regardé. Je croyais que nous avions terminé quand ma tante m'a surprise en disant qu'elle avait remarqué que j'avais besoin de nouvelles chaussures.

Je suis maintenant l'heureuse propriétaire de ma première paire de chaussures toutes neuves. Elles sont très jolies, d'un beau brun foncé bien poli, comme la robe d'un cheval. Mes orteils ont de la place pour se tortiller de plaisir et ils en profitent. Je n'ai pas mis les chaussures pour rentrer à la maison parce que je veux les faire durer.

De retour à la maison, nous avons décidé de tailler nos robes tout de suite, pendant que la lumière du jour était encore bonne. Mon oncle a rouspété parce que le souper n'était pas prêt et il n'a montré aucun intérêt pour la flanelle de sa chemise. Il ne s'intéresse pas à la « vêture ». Nous l'avons taquiné en lui disant qu'il y avait du gruau froid pour le souper, puis nous nous sommes dit : « Quelle bonne idée! » Alors nous avons mangé du gruau froid, puis de la compote de pommes. C'était très bon.

J'ai posé mes chaussures près de mon lit, afin que ce soit la première chose que je voie, demain matin. Mungo n'arrête pas d'essayer de se glisser dedans.

16 concombre

Chère maman et cher papa,

Pas d'enseignement biblique aujourd'hui parce que Mme Parfitt n'est pas là. Elle est allée voir sa mère malade, à Arnprior.

Ma tante et moi avons passé la moitié de l'après-midi à finir de tailler nos robes. Pendant l'autre moitié de l'après-midi, j'ai appris à faire du crochet. J'ai l'intention de me crocheter un ruban de dentelle à mettre autour du col de ma nouvelle robe. Mungo était une vraie petite peste, tout le temps que nous travaillions au crochet. Finalement, mon oncle l'a pris, l'a juché sur son épaule et est parti avec lui. Après mon lit, la place préférée de Mungo, c'est près du visage d'oncle James.

17 concombre

Chère maman et cher papa,

J'ai mis mes chaussures pour aller travailler, aujourd'hui. J'ai fait très attention en marchant, afin d'éviter qu'elles craquent sur le dessus. Murdo m'a demandé pourquoi je marchais comme une poule. En arrivant à la filature, je les ai immédiatement retirées, afin de les ménager.

19 concombre

Chère maman et cher papa,

Ma tante et moi avons cousu tous les soirs, et maintenant, nos robes sont presque terminées. Juste à temps pour moi, car aujourd'hui, j'ai tendu le bras très loin afin d'attraper un fil cassé, et la manche de ma robe s'est détachée tout autour de l'épaule. Je l'ai raccommodée ce soir, mais à vrai dire, cette robe est trop petite.

20 concombre

Chère maman et cher papa,

Aujourd'hui, c'était la fête des moissons à l'église, qui était magnifiquement décorée avec des fleurs et des légumes. Nous avons chanté un cantique spécialement pour cette occasion. J'ai baissé les yeux pour regarder ma nouvelle robe, qui a les manches un peu froncées, et je me suis sentie toute fière.

21 concombre

Chère maman et cher papa,

Dans l'atelier de filature, tout le monde me fait des compliments sur ma nouvelle robe. Évidemment, en moins d'une heure, elle était couverte de petites touffes de laine.

23 concombre

Chère maman et cher papa,

Aujourd'hui : office et enseignement biblique. Encore des scones, mais pas de poésie.

24 concombre

Chère maman et cher papa,

Murdo Campbell est vraiment très contrariant! Hier, je pensais encore que c'était une des personnes les plus gentilles que j'aie jamais rencontrées, mais aujourd'hui, il a fait son Ti-Jean-Connaissant. Je sais ce que c'est, un téléphone. Il y en a à Almonte. Il y en a un aussi à la filature. J'en ai vu un autre aux écuries de louage. Murdo a tort de penser qu'il en sait plus que moi à propos de tout. Aujourd'hui, il a entrepris de m'expliquer comment ça fonctionnait, un téléphone. Il a dit que le son voyage dans le fil, comme l'eau dans un tuyau. Ce n'est pas possible! L'eau, c'est quelque chose de bien réel, et un tuyau, c'est creux. Le son, c'est… Et puis, un fil, ce n'est pas creux. Alors il m'a demandé comment fonctionnait un téléphone, à mon avis, et je n'avais pas vraiment de réponse. J'ai pensé lui répondre « par magie », mais Murdo lève toujours les yeux quand je parle de magie. Puis il a dit qu'il allait me montrer comment fonctionnait un téléphone, car il allait en fabriquer un. J'ai répondu que, le jour où il fabriquerait un téléphone, moi, je me mettrais à voler dans les airs. Il a répliqué : « C'est un pari! », comme s'il y avait là de quoi parier. Le son qui coule dans des tuyaux. Ridicule!

Clair-de-Lune, Rosée-du-Matin et Pied-de-Vent n'ont pas besoin de téléphones. Leurs douces voix sont transportées par le vent.

25 concombre

Chère maman et cher papa,

Je me suis couverte de ridicule. Une fois de plus, Murdo avait raison. Après le souper, il est arrivé avec une chose formée de deux boîtes de conserve vides, reliées par une longue ficelle. Nous sommes sortis, et j'ai tenu l'une des boîtes contre mon oreille, tandis que lui s'est éloigné jusqu'à ce que le long fil soit bien tendu. Alors il a parlé dans l'autre boîte et, je vous l'assure, je pouvais l'entendre très clairement même s'il parlait normalement. « Bonjour, Mlle Rutherford, a-t-il dit. Quand aurons-nous le plaisir de vous voir voler? » Puis il a ri. Ça, je l'aurais très bien entendu, même sans le téléphone. Je suis certaine qu'un téléphone, c'est plus compliqué que ça, mais je n'étais pas très bien placée pour en discuter avec lui. Et puis, je ne l'aurais jamais laissé voir à Murdo, mais j'étais pas mal impressionnée par cette chose qu'il avait fabriquée. Je me demande si nous pourrions le faire fonctionner dans la maison, entre sa chambre et la mienne.

Alors maintenant, je suppose que je dois me mettre à voler. J'espère que l'aéronaute va revenir à Almonte avec sa montgolfière.

29 concombre

Chère maman et cher papa,

Ce matin, je me suis réveillée avant même que le train siffle, alors j'ai eu l'idée de sortir pour aller le regarder passer. C'est fantastique, de se lever plus tôt que tout le monde. On est seul au monde, comme Adam et Ève peut-être (mais moi, j'étais tout habillée; je m'étais enroulée dans mon châle). J'ai bien pris garde de ne pas me laver le visage avec de la rosée, car je ne voulais pas me faire enlever par un magicien. (À vrai dire, il n'y avait pas de rosée, seulement du givre, mais j'ai fait attention quand même.) Je ne suis pas restée seule bien longtemps, car quelqu'un est arrivé en courant, du bout de la rue John. Il portait un pantalon court et un maillot, même s'il faisait très froid. Il n'avait pas l'air d'être à la poursuite de quelque chose ni d'être poursuivi. En passant devant moi, il souriait.

Puis je suis rentrée et j'ai allumé le poêle.

Plus tard, je l'ai dit à oncle James. Il m'a appris que ce coureur s'appelait John Sullivan et qu'il était tisseur à la filature. Tous les matins, avant d'aller au travail, il court d'Almonte à Appleton, puis rebrousse chemin, toujours à la course. C'est 10 milles! J'ai demandé à oncle James pourquoi il faisait ça, et il m'a répondu : « Juste pour le plaisir ». John Sullivan est certainement un de ces lève-tôt, proche parent des coqs.

30 concombre

Chère maman et cher papa,

Ce matin, le révérend Parfitt a parlé des saints, car mardi prochain, ce sera la Toussaint. Il dit que l'Église considère comme des saints les personnes qui ont fait des choses extraordinaires, miraculeuses, mais que, ce jour-là, on devait aussi penser à tous ceux qui nous ont précédés sur Terre et grâce à qui nous sommes nous-mêmes sur Terre aujourd'hui. Tante Janet m'a pris la main parce qu'elle savait que je pensais à vous deux.

Nous sommes revenus à la maison avec Murdo et Kathleen. Oncle James a dit espérer que nous avions remarqué qu'il était le seul d'entre nous à porter un vrai nom de saint. Murdo a dit qu'il y avait un saint Murdo, mais que personne n'en avait jamais entendu parler parce que c'était un saint arménien, de l'Asie Mineure. Nous ne l'avons pas cru du tout.

31 concombre

Chère maman et cher papa,

C'est l'heure du souper. Aujourd'hui, c'est l'Halloween. Nous ne fêtions pas l'Halloween à l'orphelinat, alors ce n'est que maintenant que je découvre ce dont il s'agit. Mme Murphy, qui est irlandaise, dit que, chez elle, on laisse un bol de lait sur le seuil pour les fées parce que, ce soir, elles vont se promener. Murdo dit que c'est un soir où les garçons jouent des tours. J'ai demandé à Kathleen ce que faisaient les filles, et elle a répondu que le soir de l'Halloween était une bonne occasion pour prédire l'avenir. Elle a dit qu'elle viendrait chez moi ce soir et me montrerait comment faire. Ma tante et mon oncle ne savent pas grand-chose à propos de l'Halloween, sauf que ma tante a dit que ce serait une bonne occasion de raconter une histoire de sorcières et de garder Mungo dans la maison, car il arrive que les garçons jouent des mauvais tours aux chats.

1ᵉʳ *novembre*

Chère maman et cher papa,

Ce matin, en nous rendant au travail par la rue Mill, nous avons aperçu des gens qui montraient des choses autour d'eux en riant. Pendant la nuit, des farceurs ont suspendu de nouvelles affiches sur plusieurs commerces. Voici ce qu'ils avaient écrit dessus :

Sur le bureau du docteur : Entrepreneur de pompes funèbres et artisan embaumeur
Sur la taverne : Articles religieux
Sur le magasin de la chapelière : Chapeaux pour chevaux
Sur l'échoppe du barbier : Expert en tonsure
Sur les écuries de louage : Parfums français

Tout le monde disait que c'était l'œuvre de garçons de l'école secondaire. Oncle James a dit : « Seule la lune le sait, et elle ne dira rien ».

À la fin de notre journée de travail, tout était redevenu comme à l'ordinaire. Pour une fois, j'étais bien contente de m'être levée tôt et d'avoir été dans la rue avant sept heures du matin. Ainsi, j'ai pu voir tout ça.

Pendant que les commerces se faisaient rebaptiser, Kathleen et moi disions la bonne aventure. Après le souper, hier, Kathleen est montée chez nous et m'a montré comment prédire qui serait mon futur mari. On pèle une pomme, puis on lance la pelure par-dessus son épaule gauche. En tombant, elle prend une forme qui correspond à la première lettre du nom du futur mari. Pour elle, c'était un C. Pour moi, c'était un U ou un J ou un L renversé. Oncle James a dit qu'il était désolé pour tous les Arthur, les Alfred et les André, car une pelure de pomme ne forme jamais la lettre A. Puis ma tante nous a raconté des histoires de fantômes. Avant de me coucher, je suis allée dehors pour voir s'il y avait des fées, mais je n'ai pas eu de chance.

5 novembre

Chère maman et cher papa,

De la neige, ce matin. Et il fait froid. Soudain, c'est l'hiver. J'étais bien contente de porter mes nouvelles chaussures et mon châle. Ce matin, Mungo est sorti par la fenêtre et, dès qu'il a mis les pattes dans la neige, il les a retirées, l'air horrifié. Il m'a regardée, l'air de dire : « Tu vas m'arranger ça tout de suite! »

La chaleur de la filature faisait du bien.

6 novembre

Chère maman et cher papa,

Je suis allée à la classe d'enseignement biblique sans tante Janet, aujourd'hui. Elle avait à faire à la maison, mais elle n'a pas voulu me dire quoi. Nous avons parlé de David qui était en colère et qui allait tuer Nabal, mais la femme de Nabal, Abigail, a tout arrangé et elle a dit à David que son âme était liée dans le faisceau des vivants auprès de l'Éternel.

Mme Parfitt a servi le thé avec de petites crêpes à la confiture. Il m'a fallu faire de gros efforts pour n'en manger qu'un petit nombre raisonnable. J'ai changé d'idée sur ce que devait être la manne.

7 novembre

Chère maman et cher papa,

Encore de la neige. Il y a de la glace au bord de la rivière. Mungo a changé d'avis, et maintenant, il adore faire des galipettes dans la neige.

10 novembre

Chère maman et cher papa,

Il y avait un visiteur inattendu à la filature, ce matin. Je venais de finir de lever les bobines de mon banc à filer quand, du coin de l'œil, j'ai entrevu quelqu'un qui marchait dans l'allée entre les bancs à filer. J'ai eu l'impression d'un homme costaud en colère. Je me suis retournée pour mieux voir. L'homme avait l'air rustaud et il portait une barbe en broussailles et un sac sur son dos. Il s'est arrêté au poste de Mme Brown, que j'ai vue se retourner. Elle a laissé échapper un petit cri et est devenue blanche comme un linge. L'homme a levé les poings en l'air et s'est mis à crier. Mme Brown essayait de s'éloigner de lui. M. Haskin est arrivé et s'est dirigé vers l'homme, mais celui-ci l'a empoigné par la veste et l'a rejeté plus loin, comme s'il n'avait été qu'un vulgaire cœur de pomme.

Tante Janet m'a attrapée par le bras et m'a dit : « Vite, va chercher James ». J'ai dévalé l'escalier à la vitesse de l'éclair. Tout ce que j'ai pu dire à mon oncle, c'était : « Viens vite! » Il s'est aussitôt précipité vers l'atelier. D'autres ouvriers l'ont suivi. Je ne pouvais pas grimper l'escalier aussi vite qu'eux, alors quand je suis arrivée, oncle James avait déjà réussi à immobiliser l'homme contre le mur. Mme Brown était assise par terre, et des femmes l'éventaient doucement. Mme Campbell tenait un mouchoir contre le nez de M. Haskin, qui saignait. Quelques instants plus tard, M. Flanagan est arrivé avec un agent de police, qui a emmené le rustaud. M. Flanagan a dit que Mme Brown pouvait prendre congé pour le reste de la journée, mais elle a répondu qu'une tasse de thé lui suffirait. M. Haskin est rentré chez lui pour changer de chemise, la sienne étant pleine de sang.

Maintenant, c'est l'heure du dîner, et tante Janet est assise avec Mme Brown. Elles sont en grande conversation. J'ai voulu aller me joindre à elles, mais ma tante m'a regardée en secouant la tête. Alors, j'écris.

11 novembre

Chère maman et cher papa,

Ce soir, ma tante m'a parlé de Mme Brown. Le rustaud était son mari. Nous pensions que Mme Brown était veuve, mais c'était une histoire qu'elle avait inventée quand elle était venue chercher du travail à Almonte. Elle s'était enfuie de son mari, en emmenant ses enfants avec elle, parce qu'il était ivrogne et violent. Elle a dit qu'elle craignait pour ses enfants et pour elle-même. Elle se croyait en sécurité à Almonte, mais maintenant, il l'a retrouvée et ne la laissera pas tranquille.

J'ai pensé à Mlle Beulah Young et au serment de tempérance. Tout à coup, les histoires qu'elle a racontées sont devenues bien réelles. Je ne crois pas que je vais me marier, plus tard. Ou, si je le fais, je vais m'assurer que mon mari a prêté le serment.

13 novembre

Chère maman et cher papa,

Aujourd'hui, après l'office, nous sommes allés voir Mme Brown. J'ai emmené les enfants faire une promenade, et les adultes sont restés ensemble. À la rivière, j'ai rencontré Murdo, qui s'est joint à nous. Les deux petites sont adorables, mais Charlie, qui a cinq ans, est un petit monstre qui aime donner des coups de pied. Je comprends pourquoi, maintenant, avec le père qu'il a. Il n'arrêtait pas d'essayer de s'aventurer sur la rivière gelée, et je devais m'empresser de l'en éloigner parce que la glace n'est pas encore assez solide.

La seule chose qui l'a rendu heureux durant notre promenade, c'est quand Murdo s'est chamaillé avec lui. Charlie n'arrêtait pas de donner des coups de poing, et Murdo, qui est très fort, se contentait de le tenir à distance, mais sans se moquer de lui. Je voyais bien que Charlie ne voulait pas vraiment faire de mal à Murdo et qu'il ne faisait que cogner pour cogner. Puis Charlie en a eu assez, et Murdo lui a dit qu'il pourrait devenir boxeur professionnel. Il l'a pris sur son dos pour revenir à la maison.

16 novembre

Chère maman et cher papa,

Aujourd'hui, j'ai 12 ans et je suis la fille la plus heureuse d'Almonte et peut-être même de tout l'Ontario. Je n'ai jamais parlé de mon anniversaire à tante Janet et oncle James. Mais je me rappelle un de mes anniversaires avec vous. Je me souviens d'une corde à sauter et d'une poupée avec une robe bleue, qui s'appelait Bibi (qu'est-elle devenue?). À l'orphelinat, nous ne célébrions pas les anniversaires de naissance parce que la directrice disait que, si on le faisait pour un enfant, il faudrait le faire pour tous les autres. C'était souvent comme ça là-bas, avec des tas de choses que nous ne pouvions pas faire parce que ce ne serait pas juste pour les autres. Mais dans une famille, j'imagine qu'on peut faire des choses pour tout le monde. Mais revenons au récit de ma journée.

Ce matin, quand je me suis levée, il y avait un gros paquet enveloppé de papier brun sur la table. Tante Janet et oncle James étaient là, à attendre que je me lève. J'ai ouvert le paquet avant même de faire ma toilette. C'était une robe. Elle est magnifique, une vraie robe de princesse. Ma tante l'a taillée dans une de ses vieilles robes. Elle est si habile qu'elle a réussi à en faire une robe qui a l'air toute neuve. Elle est faite d'un lainage d'un rouge si intense qu'on se sent réchauffé juste à le regarder. Maintenant, je sais ce qu'elle faisait le dimanche après-midi quand elle ne venait pas à la classe d'enseignement biblique.

J'en suis restée le souffle coupé. J'ai essayé de dire merci et, au lieu de ça, j'ai éclaté en sanglots. Mon oncle était inquiet et pensait que quelque chose n'allait pas, mais ma tante a tout de suite compris. Elle m'a dit qu'il était temps que j'aie une robe du dimanche, maintenant que j'ai grandi, et que je pourrais coudre, sur le col, un bout de ma dentelle au crochet.

Puis mon oncle a dit que Mungo avait un cadeau pour moi, lui aussi, et il a plongé la main dans la boîte à bois où Mungo aime se cacher le matin. Quand il l'en a ressorti, j'ai vu qu'il avait, autour du cou, deux beaux rubans bleus pour les cheveux!

Je ne pourrai jamais attendre jusqu'à dimanche avant de porter ma nouvelle robe rouge. Je trouve que c'est formidable d'avoir 12 ans.

17 novembre
Chère maman et cher papa,

Aujourd'hui, c'est l'Action de grâces, mais nous n'avons pas congé parce qu'il y a trop de travail à la filature.

M. Flanagan a plusieurs commandes à exécuter. Entre mes bobines, j'ai pensé à la gratitude. Je suis vraiment reconnaissante d'avoir ma tante et mon oncle, Mungo et ma nouvelle robe.

18 novembre

Chère maman et cher papa,

Aujourd'hui, dans le journal, j'ai lu que la compagnie de chemin de fer Canadien Atlantique a équipé ses trains de lumières électriques. Un éclairage électrique serait le bienvenu dans le tunnel tout noir, à la sortie de Brockville.

20 novembre

Chère maman et cher papa,

Nous sommes dimanche, et j'ai enfin l'occasion de porter ma nouvelle robe. Je vais bientôt l'enlever, car je veux la ménager, mais je vais la porter au moins une partie de l'après-midi. Je me sens toute différente quand je la porte.

23 novembre

Chère maman et cher papa,

M. Flanagan est en train de construire quelque chose sur sa propriété, entre la pointe et la voie ferrée. Des poteaux ont été plantés dans le sol, hauts d'un côté, et plus bas de l'autre. Ça n'a pas l'air d'être un bâtiment, mais ça va être gros.

24 novembre

Chère maman et cher papa,

Comme de raison, Murdo sait déjà ce que M. Flanagan est en train de construire. Je devrais être de mauvaise humeur parce que Murdo est encore un Ti-Jean-Connaissant, sauf qu'aujourd'hui, je n'ai pas le temps d'être fâchée parce que les nouvelles sont trop excitantes. C'est une glissoire!

26 novembre

Chère maman et cher papa,

La glissoire est terminée. Elle a été officiellement inaugurée aujourd'hui, et nous sommes tous allés la voir. M. Flanagan laisse les ouvriers de la filature l'utiliser gratuitement en soirée. Ça a l'air d'être follement amusant, mais, bien sûr, nous n'avons pas de traîne sauvage.

Murdo a dit que ça n'allait pas l'arrêter. Il a couru chez lui et est revenu avec une pelle de métal. Il a descendu la glissoire en tournant sur lui-même. Quand il est arrivé en bas, il a bondi dans les airs et s'est assis dans la neige. J'imagine que le métal de la pelle s'était réchauffé en glissant sur la pente glacée. Les autres garçons criaient : « T'as besoin de te rafraîchir l'arrière-train, Murdo? » Sans leur répondre, il s'est relevé et a recommencé.

Je meurs d'envie d'essayer, et des tas de filles et de femmes glissaient elles aussi, mais il aurait fallu que je prenne la pelle et je sais que ce n'est pas convenable.

29 novembre

Chère maman et cher papa,

J'ai tant de choses à vous raconter à propos de ce soir. Tandis que nous rentrions à la maison, nous avons vu M. McFarlane, du magasin général, et la petite Millie McFarlane qui passaient en voiture. Il y avait un superbe clair de lune. La voiture était tirée par leur beau cheval brun et blanc. Il s'appelle Billy. Ils se sont arrêtés à la traverse de chemin de fer, près du pont. Quand le train a fait entendre son sifflet, le cheval s'est affolé. Il a fait un saut en avant et a tiré la voiture jusque sur la voie ferrée.

M. McFarlane a crié, puis a saisi Millie et l'a lancée dans le banc de neige. Ensuite, il a agité les rênes, espérant faire bouger Billy, mais sans succès. Alors il a sauté de la voiture. La locomotive a traversé le pont sur ses freins qui faisaient un bruit assourdissant. Elle a frappé la voiture de plein fouet, et celle-ci a volé en éclats. Alors Billy s'est affolé encore plus. Il a dévalé la berge escarpée de la rivière et s'est retrouvé sur la glace, traînant derrière lui ce qui restait de la voiture.

Puis il y a eu du bruit, un grand trou noir et beaucoup de confusion et, finalement, Billy a disparu. Soudain, un des hommes a crié : « Le revoilà! »

J'ai regardé en bas. Il faisait encore plus noir sur la rivière, mais j'ai cru voir Billy qui se tenait debout sur la glace. Puis il y a eu un grand craquement, et le pauvre cheval a henni très fort. Alors quelqu'un a crié : « Il a coulé! » M. McFarlane s'est précipité vers moi et m'a mis la petite Millie dans les bras. Puis oncle James et lui, et d'autres ouvriers de la filature, ont dévalé la pente jusqu'au bord de la rivière.

Tout le monde criait. Je ne pouvais pas voir ce qui se passait, mais, tout à coup, nous avons vu les hommes qui ramenaient Billy sur la terre ferme. La petite Millie était toute recroquevillée dans mes bras. Je lui ai dit qu'elle n'avait rien à craindre, que Billy était sauvé et que tout le monde allait bien. Puis M. McFarlane est venu la reprendre, et tante Janet et moi sommes retournées à la maison. Oncle James est resté pour aider à prendre soin de Billy. Tout cela s'est produit en moins de temps qu'il ne faut pour le mettre par écrit. Le temps ne s'écoule pas toujours comme un long fleuve tranquille; il lui arrive d'aller à la vitesse d'un torrent impétueux.

30 novembre

Chère maman et cher papa,

Une grosse surprise aujourd'hui. M. McFarlane est venu chez nous, après le souper. Il a annoncé que Billy allait bien, puis a dit à oncle James qu'il n'avait jamais vu un homme qui sache si bien calmer un cheval. « Je l'aurais perdu sans vous », a-t-il ajouté. Et il m'a remerciée de m'être occupée de Millie.

Il nous a apporté deux cadeaux en guise de remerciement. Le petit cadeau était un sachet de bonbons écossais. En ce moment même, un bonbon fond sur ma langue. J'essaie de le faire durer le plus longtemps possible. Le gros cadeau était absolument magnifique. C'était une traîne sauvage! Personne chez nous n'a jamais pensé que nous pourrions posséder une traîne sauvage. M. McFarlane a dit qu'il l'avait depuis qu'il était petit, mais que Mme McFarlane n'aimait pas tellement glisser et que Millie était encore trop petite. Nous avons hâte de l'essayer. Une traîne sauvage, est-ce que ça va aussi vite qu'un train? Peut-être même plus vite? Quelle est la chose la plus rapide au monde?

1ᵉʳ décembre

Chère maman et cher papa,

Aujourd'hui a été la journée la plus longue depuis que je suis à la filature, peut-être même la journée la plus longue de toute l'histoire de l'humanité. Ce matin, en passant devant la glissoire, je m'imaginais en train de la descendre et, toute la journée, j'entendais la machine qui disait : « Glis-sade, glis-sade, glis-sade ».

À l'heure qu'il est, je peux vous dire que glisser sur une pente, c'est fabuleux et aussi amusant que je pouvais l'imaginer! La première fois, nous avons glissé ensemble. Tante Janet était à l'avant, puis moi derrière elle (comme le jambon dans un sandwich) et oncle James à l'arrière. Au moment de partir, on aurait dit que la Terre s'arrêtait de tourner. Puis on s'est laissé glisser. D'abord, ça a collé un peu, puis on est allés de plus en plus vite. Je me suis caché le visage dans le dos de ma tante et me suis accrochée à elle de toutes mes forces. Je ne pouvais rien voir (j'avais les yeux fermés, à vrai dire), mais la traîne sauvage faisait un joli frottement en glissant sur la neige. Au bas de la glissoire, il y avait un petit monticule, et la traîne sauvage s'est envolée dans les airs. C'est là qu'oncle James a commencé à pousser des cris de joie. Ensuite, j'ai glissé seulement avec oncle James. J'étais obligée de regarder devant moi, et c'était encore plus effrayant et excitant. Finalement, j'ai glissé toute seule. J'ai failli sortir de la glissoire, et la traîne sauvage s'est renversée. Tout le monde a ri et poussé des cris de joie, mais gentiment.

À un moment donné, dans la queue, il y avait des écolières qui attendaient derrière moi, et l'une d'elle a dit : « Oh! ce doit être la période gratuite pour les ouvriers de la filature ». Je m'en fiche. Ses beaux vêtements ne la faisaient pas aller plus vite, et elle n'était même pas assez brave pour glisser toute seule. Elle n'arrêtait pas de pousser des cris perçants. Moi aussi, je crie, mais je ne le fais pas d'une voix aiguë!

Une fois, ma tante et mon oncle sont tombés de la traîne, et ils ont roulé dans la neige, accrochés l'un à l'autre, en riant comme des fous. Ils ne se sont pas remis debout tout de suite, et j'ai entendu Mme Ramsay (qui est de notre église et qui a un gros chapeau à plumes) dire : « Quel comportement inconvenant! », d'un ton réprobateur. J'aurais voulu lui demander : « Quoi? Vous n'embrassez jamais M. Ramsay, vous? »

Tandis que je faisais la queue, j'ai demandé à tante Janet ce qui arriverait, d'après elle, si nous nous mettions tous à dire tout haut ce que nous pensons tout bas. Elle a ri et a répondu qu'il y aurait de la bagarre dans les rues de la ville.

Murdo est venu me voir à la fin, et il m'a dit qu'une traîne sauvage peut atteindre une vitesse de 90 milles à l'heure. J'ai donc eu la réponse à ma question concernant la chose la plus rapide au monde. Comme de raison, nous l'avons laissé se joindre à nous.

Nous avons glissé jusqu'à la noirceur, jusqu'à en être à moitié congelés et pratiquement incapables de monter une seule marche. Dans ma tête, je me suis fait un petit paquet-souvenir de ma journée de glissades afin de m'en souvenir toute ma vie.

2 décembre

Chère maman et cher papa,

Aujourd'hui dans le journal, il y avait un poème sur les glissades.

> *Le patin à roues a disparu.*
> *Le patin à glace n'a plus la cote.*
> *La patinoire est interdite.*
> *La bicyclette n'est plus permise.*
> *La traîne sauvage, c'est la passion*
> *Qui nous enchante tout' la journée.*
> *Glissons à en perdr' la raison,*
> *Tamti didam didam dandé.*

Oncle James a dit que ce n'était pas tout à fait vrai puisque la patinoire n'est pas interdite. Même qu'il va y avoir une compétition de curling là, la semaine prochaine. Mais nous sommes tous tombés d'accord pour dire que la traîne sauvage est notre nouvelle passion.

3 décembre

Chère maman et cher papa,

Cet après-midi, après le travail, tante Janet et moi avons fait les courses à toute vitesse afin de pouvoir aller glisser « à en perdre la raison ». Tous les Campbell étaient là aussi. Murdo voulait essayer de caser toute la famille sur la traîne sauvage, mais Mme Campbell n'a pas voulu que les plus vieux prennent les petits avec eux. Kathleen, Murdo, Percy et Archie se sont assis sur la traîne, serrés comme des sardines. Quelques-uns parmi les plus grands ont essayé de descendre en se tenant debout sur la traîne sauvage, mais sans succès jusqu'à présent.

Quand nous sommes rentrés à la maison, nous étions heureux, épuisés et trempés jusqu'aux os.

Mungo a un nouveau jeu. Il aime qu'on lui laisse dégoutter de l'eau sur la tête. Il ronronne, se tortille et essaie de frapper les gouttes avec ses pattes. Et moi qui croyais que les chats détestaient l'eau.

4 décembre

Chère maman et cher papa,

Le matin. J'entends mon oncle qui est en train d'allumer le poêle, mais je vais rester au lit en attendant que la maison se réchauffe. J'entends la glissoire qui m'appelle : « Flore Rutherford, viens glisser ici ». Mais, bien sûr, c'est dimanche. J'aimerais que ce soit un autre jour. Est-ce que c'est mal de dire ça?

Le soir. C'était une belle journée ensoleillée et, même si

Mme Parfitt a servi un délicieux pain d'épices à la classe d'enseignement biblique, j'entendais toujours la voix de la glissoire vide qui m'appelait.

Au lieu de glisser, nous avons tricoté. Mes bas sont presque finis. Ma tante dit que je peux les donner à mon oncle comme cadeau de Noël. Je n'ai jamais eu l'occasion d'offrir des cadeaux. Qu'est-ce que je pourrais bien donner à ma tante? C'est une question que j'aime me poser. J'ai un dollar en économies.

5 décembre

Chère maman et cher papa,

Murdo m'a dit que, chaque année, il y avait une grande fête de Noël à l'hôtel de ville pour tous les ouvriers de la filature de laine et de l'usine de tricot. Il a dit qu'il y avait un énorme arbre tout décoré et des tartelettes au mincemeat, du gâteau aux cerises, de la bière de gingembre et des cadeaux. « Et aussi de la danse, mais je n'aime pas cette partie-là. » Il a dit que c'était M. Flanagan qui payait pour tout ça. À l'orphelinat aussi, nous avions une fête de Noël, mais pas avec des adultes, et il n'y avait pas de danse.

8 décembre

Chère maman et cher papa,

Aujourd'hui, oncle James a reçu une lettre de son frère, Wilfred Duncan, qui habite en Colombie-Britannique, dans un ranch. Il a une grosse famille. « Ce n'est pas son genre de nous écrire, a dit tante Janet. Mais, bon an, mal an, il finit toujours par nous donner des nouvelles dans le temps de Noël. » Puis : « Il faut que je lui réponde pour lui annoncer la grande nouvelle de l'année. » Il m'a fallu une bonne minute pour me rendre compte qu'elle parlait de moi. Flore Rutherford, une grande nouvelle! Elle m'a demandé si je voulais l'aider à écrire sa lettre, alors c'est ce que nous avons fait ce soir.

9 décembre

Chère maman et cher papa,

Dans le journal d'aujourd'hui, il y avait un autre poème sur les glissades. Tante Janet dit qu'un poème où chaque strophe commence par une lettre d'un mot qu'on peut lire à la verticale s'appelle acrostiche. Le voici :

> Gentes dames et gentils sires, oyez tous!
> Le croirez-vous? Peut-être pas.
> Incapables de résister à la neige
> Soufflée par le vent d'hiver à la pelle,
> Soixante-dix de nos gars sont arrivés
> Avec une traîne longue de soixante-dix pieds.
> Du haut de la glissoire se sont lancés
> Et dans la nuit se sont évanouis.

Je n'ai jamais entendu le mot « oyez ». Je pense que ça veut dire « écoutez ». Je crois que, dans les poèmes, on peut utiliser des mots qu'on n'entend jamais dans la vie de tous les jours.

Demain, je vais aller faire un tour au magasin général

pour voir ce que je pourrais acheter comme cadeau de Noël avec un dollar. Je pourrais peut-être offrir un cadeau à Murdo aussi.

15 décembre

Chère maman et cher papa,

Je n'ai pas écrit depuis des jours parce qu'il est arrivé quelque chose de terrible. Oncle James a eu un accident à la filature. C'est arrivé lundi. Nous l'avons appris quand M. Haskin est entré en coup de vent dans l'atelier de filature et nous a dit, à tante Janet et moi, qu'il fallait venir tout de suite. Nous sommes descendues à l'atelier de tissage, et oncle James était là, étendu par terre et couvert de sang. Il avait les yeux fermés et ne bougeait pas. J'ai cru qu'il était mort. Tante Janet a crié et s'est jetée sur lui. Le docteur Reeve est arrivé avec des pansements et de l'eau, et il a commencé à enlever le sang. Puis oncle James a ouvert les yeux et a dit qu'il allait très bien. Évidemment, c'était totalement faux. Le sang coulait de sa main et de son bras droits, et ils avaient l'air de...

Je suis incapable de terminer ma phrase. Ce n'était plus vraiment une main et un bras. On aurait plutôt dit de la viande crue.

Le docteur Reeve lui a fait un bandage, puis des hommes l'ont étendu sur une planche et l'ont ramené à la maison. Le docteur Reeve les suivait. Il a donné du brandy à boire à oncle James, puis il a mis une attelle de bois à son bras et a refermé les coupures à son bras et à sa main. J'étais incapable de regarder. Oncle James n'a ni crié ni gémi une seule fois. Il essayait plutôt de parler avec le docteur.

Le docteur lui a donné des pilules contre la douleur.

Nous restons auprès d'oncle James depuis trois jours. Mme Campbell et mamie Whitall nous apportent de la soupe et du thé, mais tante Janet ne mange rien. Elle est tout le temps très occupée à prendre soin d'oncle James. Quand elle arrête quelques instants, elle ne dit rien et reste le regard fixe.

J'essaie d'aider et d'être gentille, mais je ne sais pas vraiment quoi faire.

M. Boothroyd est venu nous voir ce soir et il a demandé comment c'était arrivé. Oncle James ne s'en souvient pas, mais son bras s'est coincé entre la courroie et une poulie. Il n'arrête pas de dire qu'il a été imprudent et se blâme pour l'accident.

Quand j'ai demandé à tante Janet si oncle James allait s'en remettre, elle a dit qu'il fallait prier pour lui de tout notre cœur.

Quand je ferme les yeux, je revois tout le temps la même image dans ma tête : tante Janet pleine de sang et les cheveux tout défaits quand elle s'est relevée pour laisser le docteur Reeve panser les plaies d'oncle James. Elle qui est toujours si propre et bien mise! Je ne suis plus capable d'écrire.

16 décembre

Chère maman et cher papa,

Le révérend Parfitt est venu nous voir aujourd'hui. Il a apporté des brioches de la part de sa femme.

Nous étions assis à table quand Mungo a sauté sur mes genoux puis rapide comme l'éclair, sur la table. Il se dirigeait vers le pot de crème. Mon oncle a voulu tendre le bras pour sauver la crème et, là, il a poussé un cri terrible, il est devenu blanc comme un linge, et de la sueur perlait sur son visage. Ma tante lui a offert une autre pilule, mais il a refusé en donnant des coups sur la table avec son autre main.

17 décembre

Chère maman et cher papa,

Oncle James va encore plus mal. Son bras et sa main sont devenus d'une horrible couleur noire, puis il s'est mis à avoir de la fièvre. Le docteur Reeve est revenu et il a discuté avec tante Janet, puis ils m'ont envoyée passer la nuit chez mamie Whitall. Mamie Withall a été très gentille et a fait des scones pour moi. Mais, en les mangeant, j'avais l'impression d'avoir du carton dans la bouche. Puis, parce que mamie Withall était si gentille avec moi, je me suis sentie ramollir de l'intérieur, et j'ai pleuré et pleuré!

C'était hier soir. Ce matin, je suis rentrée à la maison, et tante Janet m'a dit que le docteur Reeve avait dû amputer trois doigts à oncle James.

La bonne nouvelle, c'est qu'il n'a plus de fièvre et qu'il a avalé un peu de soupe. C'est une toute petite bonne nouvelle, comparée à la grosse mauvaise nouvelle!

18 décembre

Chère maman et cher papa,

Pourquoi les malades nous effraient-ils autant? Je voulais vraiment aller dans la chambre et parler à oncle James, mais, en même temps, j'avais peur. J'avais l'impression que la chambre était devenue comme une de ces chambres secrètes dans les contes de fées. J'ai fini par entrer pour lui apporter du thé. Il était éveillé et il m'a regardée, mais il semblait incapable de parler.

Nous ne sommes pas allées à l'église aujourd'hui.

Plus tard dans l'après-midi, M. Boothroyd est venu nous rendre visite encore une fois. Il a apporté un panier de provisions de la part de M. Flanagan.

Après son départ, tante Janet est allée voir oncle James et, quand elle est ressortie de la chambre, elle était complètement défaite. « Qu'est-ce qu'il va bien pouvoir faire avec sa pauvre main mutilée? Qu'allons-nous devenir? » Oncle James ne lui parle pas, à elle non plus.

Je suis dans mon lit, et ma bougie est presque toute fondue. Le sifflet du train me semble bien triste, ce soir.

19 décembre

Chère maman et cher papa,

Ce matin, tante Janet et moi sommes retournées au travail. Rien n'avait changé, et pourtant, tout me semblait différent. La cloche de l'usine, la rue Mill, le vieux Barney avec son chien : tout était pareil. (Oh! et si oncle James devenait comme lui?) Les mêmes gens qui défilaient vers l'usine. Mais la cloche avait un son désagréable, le chien m'a rendue triste et les gens évitaient de s'approcher de nous. Bon, d'accord, pas Murdo et ses parents, mais tout le monde des autres ateliers.

Ma tante m'a prise par le bras et m'a attirée contre elle. « Ils ne savent pas quoi nous dire, a-t-elle expliqué. Le malheur des autres est intimidant. »

À l'usine, c'était pareil : rien de changé, mais quelque chose est différent. Toutes ces roues, ces courroies, ces leviers et ces poulies : c'était le monstre de mes rêves qui attend un moment d'inattention, une petite hésitation ou une erreur pour passer à l'attaque. Je me souvenais de Murdo qui m'avait expliqué comment la machine fonctionnait, combien elle était puissante et ingénieuse, presque aussi étonnante que le cerveau humain. Ce matin, tout ce que je voyais, c'était une machine traîtresse, qui montre les dents et sort ses griffes, qui nous assourdit de ses bruits de toutes sortes afin de nous embrouiller le cerveau et d'avoir ainsi une chance de nous attraper.

Dans notre atelier de filature, tout le monde voulait avoir des nouvelles d'oncle James. Tout le monde était très gentil, et ça m'a donné envie de pleurer. Sauf Mme Brown. Elle était fâchée. Elle a dit que c'était la faute des propriétaires. Selon elle, si les planchers n'étaient pas aussi glissants, à cause de l'huile des machines et des bourres de laine, oncle James n'aurait pas perdu pied et ne serait pas tombé sur la courroie. Elle a raison. Les planchers de l'usine sont très glissants, surtout quand on porte des chaussures. J'ai l'habitude de retirer les miennes pour les ménager, mais aussi pour ne pas glisser. Donc, Mme Brown a raison, et moi aussi j'aimerais être en colère. Je voudrais pouvoir blâmer quelqu'un. Mais je ne ressens aucune colère en moi : juste un grand vide et une énorme peur.

20 décembre

Chère maman et cher papa,

À l'heure du dîner, tante Janet et moi sommes rentrées à la maison pour voir oncle James. Aujourd'hui, il était assis, endormi, et Mungo était juché sur son épaule. Quand il a ouvert les yeux, il n'a eu aucune réaction, pas même quand Mungo a tenté de lui lécher le nez. On dirait qu'oncle James n'est plus là.

Ma tante et moi avons fait des biscuits sablés, ce soir.

21 décembre

Chère maman et cher papa,

Le docteur Reeve est venu aujourd'hui. Il a changé les pansements de mon oncle et a montré à ma tante comment lui faire une écharpe. Il dit que les plaies guérissent bien. Il a parlé de la fête de Noël, qui doit avoir lieu vendredi. Ce jour-là, nous allons tous finir plus tôt. Tante Janet a fait du thé et bavardé avec lui, mais oncle James n'a pas desserré les dents. Il n'a même pas répondu, quand le docteur a dit : « J'espère que nous allons vous voir à la fête, James. Ça vous changerait les idées ». J'ai bien vu que ma tante avait honte de son impolitesse.

22 décembre

Chère maman et cher papa,

Au travail, tout le monde parle de la fête. Ma tante dit qu'elle ne peut pas persuader oncle James d'y aller et qu'elle ne le laissera pas tout seul, mais que moi, je dois y aller. Est-ce que c'est bien? Est-ce que je ne devrais pas rester à la maison, moi aussi? Est-ce que c'est un de ces moments où se montrer obéissante n'est pas la bonne chose à faire? Si je restais à la maison, j'arriverais peut-être à dérider oncle James. Dans le journal, ils ont commencé une nouvelle histoire. Je pourrais lui faire la lecture. Mais je veux tellement aller à cette fête! C'est un désir aussi grand que le chagrin que je ressens à cause de l'accident.

Ce soir, mon oncle a mangé un peu, au souper. Ensuite, il est resté assis, le regard fixe. Quand ma tante et moi parlons et qu'il est là, silencieux, j'ai l'impression que nous sommes deux vieilles poules qui caquètent. Je crois qu'il est fâché contre nous.

24 décembre

Chère maman et cher papa,

Finalement, je suis allée à la fête hier soir. Les Campbell sont venus me chercher. C'était formidable! La plus belle fête de toute ma vie. (Je sais. C'est la seule fête à laquelle j'ai assisté de toute ma vie.) Tandis que je me préparais (j'ai mis ma robe rouge du dimanche), je sentais une boule dans mon estomac parce qu'oncle James et tante Janet n'y allaient pas. Mais tante Janet m'a fait une nouvelle coiffure, puis m'a dit de bien m'amuser et qu'elle serait heureuse en pensant à moi.

Quand nous sommes arrivés à l'hôtel de ville, mon malaise a complètement disparu. La première chose que nous avons vue, c'était un énorme arbre de Noël tout paré de bougies et de décorations qui brillaient. Il allait jusqu'au plafond et sentait la forêt. La directrice de l'orphelinat disait que les arbres de Noël n'étaient pas nécessaires, alors nous n'en avons jamais eu. Au sommet de l'arbre, il y avait un bel ange vêtu d'une tunique bleue, avec les ailes déployées. J'ai pensé à vous deux qui êtes au Paradis, puis je me suis dit que l'Enfant Jésus, quand Il descend du Ciel en est toujours imprégné en arrivant sur Terre. Peut-être que c'est comme ça pour tous les nouveau-nés, et que c'est la raison pour laquelle on est toujours heureux en les regardant. Malgré toutes les couches et les pleurs et tout le reste. Qu'est-ce que Marie et Joseph faisaient avec les couches? Ce n'est peut-être pas bien de poser une question comme celle-là, mais je me le demande vraiment, parce qu'à l'orphelinat, j'ai lavé des quantités de couches. Je ne vois pas comment on pourrait arriver à faire ça quand on vit dans une étable.

Revenons à la fête. M. Boothroyd jouait du violon, et tout le monde dansait. Juste au moment où mes pieds voulaient tellement danser qu'ils se sont presque mis à le faire tout seuls, Bertha Rose s'est glissée à côté de moi et m'a prise par la main. Elle a dit : « Viens avec moi. On va montrer à ces lourdauds comment on fait ». Je ne connais rien à la danse, mais il y avait tellement de monde que personne ne nous a prêté attention. Nous avons tournoyé et nous nous sommes follement amusées. Il y a eu un grand charivari avec un truc qui s'appelle « la grande chaîne », puis j'ai dansé avec tout un tas de gens, même avec certains que je ne connaissais pas. L'atmosphère était très joyeuse.

Il y avait une grande table couverte de choses à manger et à boire. J'ai pris de la limonade et des sandwichs au jambon, et je suis retournée danser. Puis encore de la limonade et du gâteau et des biscuits et du thé.

Quand M. Boothroyd a fait une pause, des gens se sont levés et se sont mis à chanter. Eddie McDougal, l'homme chauve qui travaille à la teinturerie, avait une voix qui remplissait toute la salle. Il a chanté une chanson écossaise qui parlait d'un rire qui fait sauter même les éclopés. Cette phrase m'a tourné dans la tête durant toute la soirée, comme la roue d'un moulin.

À un moment donné, j'ai parlé avec une fille qui travaille à l'usine de tricot, la « grosse usine rouge ». Elle m'a demandé si je savais ce qu'on raconte à propos des sous-vêtements qu'ils y fabriquent. J'ai dit que non, et elle a dit : « Ça gratte tellement que ça finit par te gratter le fond de la gorge. » Nous avons éclaté de rire, toutes les deux.

À la fin de la soirée, M. Flanagan et son épouse ont distribué les cadeaux qui étaient au pied de l'arbre. Nous les avons tous ouverts avant de repartir. Moi, j'ai reçu un mouchoir rose avec de la dentelle, le plus joli que j'aie jamais eu. Je crois que je ne m'en servirai jamais pour me moucher. Je vais plutôt le garder pour éponger mon front fiévreux, si jamais ça m'arrive d'avoir un front fiévreux. Nous avons tous reçu aussi un sachet de bonbons.

Quand je suis rentrée, oncle James était déjà couché, mais tante Janet et moi nous sommes assises à la table et je lui ai tout raconté. Nous avons mangé des bonbons, et Mungo s'est amusé avec le sachet.

Aujourd'hui, j'ai songé à un bon cadeau de Noël à offrir à tante Janet.

Le jour de Noël, l'après-midi

Chère maman et cher papa,

Ma tante et mon oncle sont allés faire une promenade. Nous avons tous fait la grasse matinée ce matin, car nous nous sommes couchés tard hier soir, après la messe de minuit. Hier, oncle James a dit qu'il n'irait pas à l'église. Tante Janet s'est fâchée et lui a dit qu'il devait y aller. Je ne l'avais jamais vue en colère et j'espère qu'elle ne sera jamais fâchée comme ça contre moi. Finalement, mon oncle a accepté d'y aller. L'église était magnifique, pleine à craquer. Nous avons chanté « Sainte Nuit », « Les anges dans nos campagnes » et plein d'autres cantiques de Noël.

Il y avait une crèche avec la Sainte Famille, des bergers, les Rois mages, le bœuf et l'âne et des moutons. À Kingston aussi, il y avait une crèche. Ça me rendait triste de la regarder parce que cette famille-là semblait si heureuse. Je croyais alors qu'avoir une famille, ça voulait dire vivre heureux jusqu'à la fin des temps. Cette année, je sais qu'avoir une famille, ce n'est que le début de l'histoire. Depuis un an, j'ai connu d'autres genres de chagrins.

Dans un des cantiques, ça disait : « Chantez, vous tous qui êtes aux Cieux ». Et je m'imaginais que vous chantiez avec nous.

Les chants résonnaient si fort dans l'église que ma voix se mêlait tout simplement aux autres. J'aimais ça. Oncle James était à côté de moi et il n'a pas chanté.

Après l'office, le révérend Parfitt se tenait à la porte de l'église et nous a serré la main. « Joyeux Noël, Flore », m'a-t-il dit. Tout à coup, je me suis rendu compte que bien des adultes me connaissaient par mon nom, à Almonte : le révérend Parfitt et Mme Parfitt, les parents de Murdo, mamie Whitall, M. Haskin, Mme Murphy, Mme Brown, Fred et tous les autres à l'usine. Quand j'étais à l'orphelinat, seules la directrice, la cuisinière et quelques autres adultes me connaissaient par mon nom. Je me sens plus comme une vraie personne depuis que je suis ici.

Sur le chemin du retour, il y avait de la poudrerie, et tante Janet nous a dit d'écouter les rugissements du vent. Nous nous sommes mises à chanter la chanson au sujet du bon roi Wenceslas qui s'aventure dehors, par un soir de tempête, pour aller porter de la nourriture à un pauvre homme. Nous avons essayé de convaincre oncle James de chanter les paroles du roi, mais il a refusé de chanter. Alors, ma tante et moi avons pris des voix très basses pour cette partie de la chanson.

Ensuite, c'était l'heure des cadeaux. Ma tante et mon oncle m'ont offert un nouveau carnet, car j'ai presque terminé celui-ci, même en écrivant très petit. Il a de belles pages blanches et une couverture verte, rigide et marbrée. J'ai donné ses bas à oncle James, et il m'a remerciée, mais il a fallu que ma tante lui suggère de les essayer. J'ai offert à tante Janet des ciseaux en forme d'oiseau, comme ceux de la dame à bord du train. Ils ont leur propre petit étui de velours bleu. Tante Janet a pleuré.

26 décembre

Chère maman et cher papa,

Hier, tante Janet et moi avons soupé avec la famille Campbell. Nous sommes allées chez eux le matin pour donner un coup de main. J'ai oublié de le mentionner, mais Mme Campbell attend un autre bébé. Ma tante a aidé Mme Campbell et Kathleen à faire la cuisine. Murdo et moi avons amené les petits jouer dehors. Nous avons construit un fort et avons fait une bataille de boules de neige. Je faisais semblant de me rendre utile en protégeant les petits, mais en réalité, je lançais des boules de neige aussi fort que je le pouvais en hurlant de plaisir parce que je m'amusais bien. C'était formidable! Par moments, j'en ai vraiment assez d'être raisonnable.

Quand nous sommes rentrés, ça embaumait la dinde et le mincemeat.

Ma tante et moi sommes allées chercher nos chaises et oncle James, mais il a refusé de venir avec nous pour le souper. Le petit coin triste que la bataille de boules de neige avait réussi à faire disparaître au fond de mon cœur est alors revenu. Finalement, ma tante lui a tout simplement rapporté une assiettée.

Quand M. Campbell dépeçait la dinde, il m'a demandé si je voulais avoir le croupion. Tout le monde rigolait, puis Mme Campbell a dit : « Oh, Donald! Arrête tes bêtises! » Kathleen m'a prise en pitié et m'a expliqué que le croupion, c'est le... eh bien, c'est l'autre bout de la dinde. Évidemment, je n'en voulais pas. Il faut que je m'en souvienne pour Noël, l'année prochaine.

Nous avons mangé jusqu'à ce que nous n'ayons plus faim, mais nous avons quand même réussi à trouver encore un petit coin pour les biscuits sablés.

J'ai pris des petits bouts de dinde pour Mungo. Il ronronnait tellement qu'il avait du mal à manger.

27 décembre

Chère maman et cher papa,

Je ne peux pas écrire beaucoup. J'ai juste envie de me glisser sous ma couverture et de dormir. Oncle James est retourné au travail aujourd'hui. M. Flanagan l'a mis au balai. J'espérais qu'il serait de meilleure humeur, mais pas du tout. De retour à la maison, il était de très mauvaise humeur. Tante Janet avait beau essayer d'être positive, il ne répondait rien. Puis il s'est mis à crier qu'il n'était plus bon à rien, comme un vieux chiffon qui ne sert plus qu'à faire de la charpie. Au beau milieu de ses hurlements, un train est passé. Je n'ai jamais autant aimé ce bruit, car il a couvert la voix de mon oncle.

28 décembre

Chère maman et cher papa,

M. Flanagan a rouvert la glissoire aujourd'hui, et j'y suis allée avec Murdo et Kathleen après le travail. Mais c'était bien moins amusant sans ma tante et mon oncle. En plus, il faisait beaucoup plus froid. L'air nous piquait le visage. J'ai fait une descente, puis j'ai laissé la traîne sauvage aux deux autres et je suis rentrée à la maison.

30 décembre

Chère maman et cher papa,

Je suis fâchée contre oncle James. Voilà, je l'ai dit. Je sais que ce n'est pas gentil d'être fâchée contre lui. Je sais que son bras et sa main lui font mal et qu'il est triste parce qu'il ne peut plus tisser. Je sais qu'il est vexé de ne plus pouvoir réaliser son rêve de devenir régleur de métier à tisser. Je sais qu'il est déçu de ne pas pouvoir gagner plus d'argent. Je sais tout ça, mais je suis quand même fâchée. Il est toujours grognon, il voit tout en noir et il semble vouloir que tante Janet et moi ayons la même attitude que lui. Il ne veut pas que nous soyons heureuses.

Comme ce soir, par exemple. Après le souper, ma tante et moi nous remémorions Mlle Beulah Young et sa conférence sur la tempérance. Nous nous sommes rappelé la chanson que le jeune homme avait chantée ce soir-là et nous l'avons chantée.

Puis ma tante s'est mise à taquiner mon oncle en lui disant qu'il n'avait jamais prêté le serment de tempérance. Et soudain, il a explosé. Il a dit que ce n'étaient que des bêtises, que les travailleurs avaient si peu de plaisirs dans la vie. Et puis, qui était-elle, cette pimbêche de bourgeoise, pour venir leur dire qu'ils ne devaient pas boire. Je lui ai alors dit qu'elle n'était pas riche, qu'elle était à moitié orpheline. Ma tante a essayé de lui expliquer que, selon Mlle Young, il devrait y avoir des clubs sociaux confortables pour les travailleurs, au lieu de débits de boissons. C'est vrai que ce serait bien mieux. Mais oncle James n'écoutait pas. Il a répliqué que pousser les gens à prêter serment était stupide parce qu'ils n'avaient aucune intention de tenir leur promesse et que ça en faisait donc des menteurs. Oncle James hurlait presque. Je ne comprends pas. Oncle James ne va même pas à la taverne. J'avais le cœur léger en chantant avec ma tante, mais maintenant, je me sens abattue.

1888

1er janvier 1888

Chère maman et cher papa,

Deux choses, à propos de 1888. Murdo-qui-sait-tout dit que ça fait mille ans qu'il n'y a pas eu autant de chiffres huit dans une année. Et que 1888 est une année bissextile. La dernière fois qu'il y a eu un 29 février, c'était quand j'avais huit ans, mais je ne m'en souviens pas.

Hier soir, c'était Hogmanay, la fin de l'année et le début de la nouvelle. Nous sommes restés debout jusqu'à minuit afin d'entamer la nouvelle année. Tante Janet a dit que nous devions faire le rituel du premier visiteur de l'année. Je n'en avais jamais entendu parler. Elle m'a expliqué que mamie Dow lui avait enseigné cette tradition écossaise. Le premier visiteur de l'année à passer le seuil de votre porte doit être un homme grand, aux cheveux noirs, qui vous portera chance durant toute l'année qui commence.

Évidemment, ça aurait dû être oncle James, car il est grand et a les cheveux noirs, mais il a dit que c'étaient des niaiseries, tout ça. Tante Janet a demandé pourquoi il l'avait fait l'année dernière si c'était des niaiseries. Il a rétorqué que, justement, ça ne lui avait pas porté de chance durant l'année.

Il y a eu un long silence, puis ma tante a dit : « Elle nous a amené Flore, James ». Mon oncle est sorti de la pièce.

Je croyais que tante Janet allait laisser tomber, mais elle a serré les lèvres, elle est descendue et elle a demandé à Arthur Whitall de venir à notre porte. Il n'est pas très grand et il n'a pas les cheveux très foncés, mais au moins, c'est un homme.

Arthur Whitall s'est très bien prêté au jeu. Entre autres choses, le premier visiteur doit sortir de la maison par une porte et entrer par une autre, mais la maison où nous habitons n'a qu'une seule porte donnant sur l'extérieur. Alors Arthur a accepté de sortir par la fenêtre des Campbell et de revenir par la porte d'entrée.

Donc, quelques minutes avant minuit, il est sorti par la fenêtre. Percy et Archie ont trouvé que c'était la chose la plus drôle qu'ils aient jamais vue. Tout de suite après minuit, on a frappé très fort à la porte. Nous sommes allés ouvrir et avons accueilli Arthur, puis tante lui a chuchoté à l'oreille le poème de bonne chance, et il l'a répété d'une voix forte :

Bonne chance à la maison
et bonne chance à la famille.
Bonne chance à toute la charpente de la maison.
Bonne chance à tous les objets qui sont dedans.
Bonne chance à la maîtresse de maison
et bonne chance à tous les enfants.
Bonne chance à tous les amis,
Fortune et santé à tous.

Puis M. Whitall et M. Campbell ont bu un petit verre de whisky. Mme Campbell et mamie Whitall aussi, mais pas tante Janet, à cause de son serment.

Nous avons entretenu le feu du poêle toute la nuit, en guise de porte-bonheur.

2 janvier

Chère maman et cher papa,

De retour au travail. J'ai la tête ailleurs, une bonne partie du temps que je passe à la filature. Le bruit des machines est rythmé, et on dirait que mon corps reste à l'usine, à faire la levée des bobines, mais que mon esprit passe la porte de l'atelier, descend l'escalier, sort, traverse la ville et s'en va dans les bois où habitent les fées. La levée des bobines et le rattachage des fils exigent de la concentration, mais pas beaucoup de réflexion. Ce matin, la neige tombait à gros flocons, et j'ai eu le temps de regarder par la fenêtre, de suivre un flocon qui dansait en tombant. Je m'imaginais en fée, à califourchon sur un flocon de neige, comme sur un cheval, ou voguant sur un flocon devenu bateau. Puisque j'étais une fée, j'étais emmitouflée dans des fourrures blanches et j'avais les mains bien au chaud dans un manchon. Quand je suis une fée au printemps, je recouds des feuilles aux arbres. En été, je tisse, avec des nuages, une splendide cape pour la reine des fées. En automne, par un beau clair de lune de fin septembre, toutes les fées s'envolent dans la nuit, emportant de minuscules bacs de teinture (en fait, des coquilles de noix) et teignent les feuilles des arbres en rouge et en orangé. Quand les humains les voient, ils croient que ce sont des lucioles.

Je pense très souvent aux fées. J'aimerais parler des fées à Anne, mais elle dirait que les fées n'existent pas et que la neige n'est que de la neige.

Oncle James a cessé de se rendre à la filature. Il dit que le balayage, c'est une tâche pour les enfants.

3 janvier

Chère maman et cher papa,

Voici une chose que je ne peux dire à personne d'autre qu'à vous. Je ne supporte pas de voir la main d'oncle James. Elle est si affreuse, toute rose et lisse, comme le bras coupé de Barney le dérangé. Je sais que je devrais avoir honte. J'aimerais être comme Mungo, qui traite oncle James comme avant. Mais j'en suis incapable.

4 janvier

Chère maman et cher papa,

Oncle James ne se rase plus. Il ne peut pas le faire lui-même et ne veut pas que ma tante le fasse pour lui. Peut-être qu'il paraîtra mieux quand il aura une vraie barbe, mais pour le moment, il a l'air d'un vagabond. Je me rappelle le jour où je suis arrivée à Almonte et où nous blaguions à propos des hommes barbus. Ça me semble tellement loin!

5 janvier

Chère maman et cher papa,

J'écris ceci au presbytère. Ce soir, ma tante et moi sommes les invitées de Mme Parfitt. Oncle James était invité lui aussi, mais il ne voulait pas venir. Ça faisait du bien de sortir de la maison. Oncle James est comme un gros nuage noir dans son coin. Tante Janet a apporté du reprisage à faire, et moi, mon journal. Il y a un bon feu dans la cheminée, et Mme Parfitt est en train de faire bouillir de l'eau pour le thé. Je suis assise sur une chaise basse, et Robbie, un bon vieux chien qui respire difficilement, est assis à mes pieds. Ma tante et Mme Parfitt sont en train de parler de choses et d'autres. J'écoute d'une oreille seulement.

Avant, je me disais que Mme Parfitt était gentille avec nous seulement parce que c'est la femme du pasteur et qu'elle est obligée d'être gentille avec tous les gens de notre église et de les aider quand ils ont des soucis. Mais en regardant Mme Parfitt et tante Janet bavarder, je vois bien qu'elles sont plutôt comme de bonnes amies. Elles sont toutes les deux plus jeunes que la plupart des femmes de notre église (et plus jolies aussi).

Petite pause pour écouter.

Me revoilà. Quand j'ai entendu le nom « Flanagan », je me suis mise à écouter de mes deux oreilles. Mme Parfitt a dit à ma tante que M. Flanagan essayait de divorcer de sa femme. Elle a prononcé tout bas le mot « divorcer ». Puis sa voix est devenue encore plus basse et elle a dit que, les fins de semaines, de « jolies dames » de Toronto viennent par le train pour rendre visite à M. Flanagan. Je ne comprends pas très bien ce qu'elle veut dire par là, mais tante Janet en avait le souffle coupé. C'est là que j'ai commis l'erreur de lever les yeux. Elles se sont alors rappelé que j'étais là et elles ont cessé de parler. Mme Parfitt a donné un petit coup de tête dans ma direction, puis elles ont changé de sujet de conversation et ont discuté des préparatifs pour le concert à l'église. J'étais vraiment fâchée. Je ne suis plus une enfant. Je suis une employée de la filature de laine d'Almonte et, si je ne sais pas ce qu'est une « jolie dame », je devrais avoir le droit de le demander. Mais je ne l'ai pas fait, bien sûr.

Le thé est prêt. Je me demande s'il va y avoir des biscuits.

7 janvier

Chère maman et cher papa,

Jour de paie, aujourd'hui. Quand nous sommes rentrées à la maison, oncle James était sorti. Il lui arrive d'aller se promener longtemps tout seul. Tante Janet a fait bouillir de l'eau pour le thé, puis elle s'est rendu compte qu'il ne restait plus de thé et elle s'est mise à pleurer. J'ai dit que je pourrais aller en chercher au magasin, qui reste ouvert le soir, les jours de paie. Mais ma tante a répondu que, si nous achetions du thé, nous serions peut-être incapables de payer le loyer. Puis elle a dit qu'elle restait souvent éveillée la nuit, à se demander comment nous allions nous débrouiller sans le salaire d'oncle James.

Je me suis rappelé une gâterie que la cuisinière m'avait faite, un jour, à l'orphelinat. J'ai mis du lait et du sucre dans deux tasses, que j'ai ensuite remplies d'eau bouillante, puis j'ai dit à ma tante que nous allions boire du thé de fées. Ça l'a fait pleurer encore plus. Je sais ce que c'est, ce genre de pleurs : on est si triste que c'en est insupportable et, si quelqu'un se montre gentil, on pleure encore plus. Mais là, ma tante s'est arrêtée de pleurer, elle s'est essuyé les yeux et elle a même souri un peu. Tante Janet reste jolie quand elle pleure. Moi, je deviens horrible : mon nez coule, mes yeux sont tout rouges et mon visage devient tout boursouflé. Peut-être que, quand je serai grande, je resterai jolie même en pleurant.

Après le thé, je me suis dit que ma tante et moi devrions faire quelques calculs. À l'orphelinat, les filles n'apprenaient pas l'arithmétique, mais j'aidais tout le temps les garçons à faire leurs devoirs, alors j'ai fini par être bonne en calcul. J'ai demandé à ma tante de poser sa paie sur la table et j'en ai fait autant. J'avais 1,60 $, et elle, 4,65 $. Donc un total de 6,25 $. Notre loyer est de 1,90 $. Nous dépensons 1 $ par semaine pour le bois et les bougies. Il nous reste donc 3,35 $ par semaine pour la nourriture. Ma tante dit qu'elle dépense habituellement 5 $ par semaine pour la nourriture. Elle est redevenue toute triste, mais j'ai dit que nous devrions voir s'il y avait des choses dont nous pourrions nous passer. Nous avons pensé à tout ce que nous avions mangé pendant la semaine : pain, beurre, thé, bacon, fèves au lard, café, flocons d'avoine, pommes de terre, navets, fromage, sucre, farine, mélasse, lait. Nous nous sommes dit que nous pourrions nous passer de café, de fromage et de bacon, et que le thé de fées serait suffisant tant qu'oncle James ne serait pas complètement remis. Nous pouvons aussi ménager les bougies parce que ma tante connaît des quantités d'histoires et qu'on n'a pas besoin de lumière pour raconter des histoires. Nous avons terminé notre soirée par l'histoire d'un magicien qui connaît « la magie noire et la magie blanche et les magies de toutes les nuances de gris entre les deux ».

Nous nous sommes mises au lit, réconfortées, mais tandis que j'écris ces lignes (au clair de lune; qu'est-ce que je vais faire quand ce sera la nouvelle lune?), je me pose encore deux questions. La première : je me demande si oncle James pourra retourner travailler un jour. La deuxième : nos calculs ne comprenaient pas la lessive, ni la quête à l'église, ni les vêtements. Je sais que ma tante aurait dit : « Ne cours pas au-devant des problèmes, ils te rattraperont toujours bien assez vite ».

10 janvier

Chère maman et cher papa,

Il fait horriblement froid : moins trente degrés Fahrenheit. Ce matin, avant que j'enfile ma robe, tante Janet m'a enveloppé la poitrine de journaux. Ça craque quand je bouge et j'ai l'air plutôt boulotte, mais ça m'a vraiment protégée du froid quand nous nous sommes rendues à la filature. Au retour, c'était pénible. En sortant de l'usine, j'avais l'impression que l'air chargé d'humidité que j'emportais en moi se figeait en cristaux de glace durs comme de la roche. Mme Brown a dit qu'elle espérait presque que la rivière gèle et que le moulin ferme. Mais M. Lewis a dit que la rivière Mississippi n'avait jamais complètement gelé. Puis M. Wyley a dit que son grand-père se souvenait d'une année où elle était restée gelée pendant tout un mois, alors tous les travailleurs se sont mis à parler des souvenirs de leurs grands-pères. En tout cas, moi, tout ce que souhaite, c'est que l'usine ne ferme pas parce que nous avons trop besoin de nos salaires.

12 janvier

Chère maman et cher papa,

Aujourd'hui, la journée a bien commencé et s'est mal terminée. Il fait encore un froid de canard. La voie ferrée est recouverte de bancs de neige qui font dix pieds de haut.

Et la filature a fini par fermer. Alors oncle James, Murdo, M. Campbell et d'autres hommes ont emprunté un cheval et un traîneau pour aller pêcher sur la glace. Ma tante et moi avons passé la journée au coin du feu, à faire du raccommodage et du tricot. Nous avions du mal à nous réchauffer, même emmitouflées dans des couvertures. Le vent plaquait la neige contre les fenêtres, qui laissaient passer l'air de partout, malgré les morceaux de papier journal que nous avions placés tout autour pour boucher les fissures. Nous étions d'accord pour dire que nous aurions préféré être à la filature parce que là, au moins, il aurait fait chaud.

Puis Mme Campbell est arrivée avec les petits. Mme Campbell est très grosse. Le bébé va sûrement arriver bientôt. Ma tante s'est mise à raconter des histoires, et nous avons vite oublié nos doigts et nos orteils gelés. Elle a raconté une légende écossaise où il est question d'une jeune mariée et d'un méchant génie des eaux. Elle a dit que cette histoire s'adressait à moi parce qu'il y était question de la fille d'un tisserand. Cette fille ne parle jamais, mais elle attire l'attention d'un soldat qui passe par là, et il l'épouse parce qu'elle a les cheveux noirs comme l'aile du corbeau et les yeux bleus comme la fleur de lin. Dès que ma tante s'est mise à parler d'amour, Percy et Archie ont commencé à rigoler. Finalement, on apprend que la fille du tisserand a été ensorcelée par le mauvais génie, et que c'est pour cette raison qu'elle ne parle jamais. Alors le soldat va consulter une vieille femme sage, et elle lui explique que la fille doit faire ceci et cela pour conjurer le mauvais sort. Elle fait donc ce qu'a dit la femme, et se remet à parler. Mais là, il y a un gros problème : elle est incapable d'arrêter de parler et elle caquette à longueur de journée.

Quand ma tante est arrivée à cette partie de son histoire, Mme Campbell a dit : « On en connaît d'autres comme ça, il me semble ». Elles se sont mises à rire, toutes les deux. Puis ma tante a continué son histoire. La jeune femme et le mauvais génie font alors un concours de parlotte et parlent jusqu'à l'épuisement total. Depuis ce jour-là, la jeune femme ne parle ni trop, ni trop peu, mais toujours juste ce qu'il faut. Les deux époux choisissent plus tard la vieille femme sage comme marraine de leur premier-né. Ce que cette histoire nous enseigne, c'est de ne pas sortir le soir, au crépuscule, ni de boire l'eau d'une fontaine enchantée. (Ou de ne jamais trop parler?)

Nous étions tout contents, à repenser à cette histoire et à la question de parler trop ou trop peu. Puis les hommes sont revenus, à moitié gelés, mais en grande forme parce que, à eux tous, ils avaient attrapé 76 anguilles! Oncle James avait l'air de s'être réveillé et d'être redevenu comme avant.

C'est là que la journée a commencé à mal tourner. Tante Janet et Mme Campbell ont dit que nous devrions faire cuire les anguilles tout de suite et manger tous ensemble. J'ai aidé à les préparer en retirant la peau et les entrailles. Il faut faire une incision tout le tour, juste derrière la tête, puis essayer d'enlever la peau un peu comme un gant, mais c'est gluant, et j'ai commencé à me sentir malade. Le pire, c'était l'odeur : horrible, très forte et qui s'accroche. Nous avons ensuite coupé les anguilles en morceaux, puis ma tante les a mises dans un grand plat rempli d'eau, qu'elle a glissé au four. Quand est venu le temps de les manger, j'en étais incapable. Cela me levait le cœur, juste d'y penser. Je n'arrivais pas à m'ôter de la tête l'idée que les anguilles ressemblaient à de gros vers. Oncle James n'était pas content parce que je ne voulais même pas essayer. Alors j'ai essayé et, ensuite, j'ai vomi. Tante Janet était fâchée contre oncle James, les Campbell sont tous retournés chez eux et maintenant, j'ai tellement honte!

15 janvier

Chère maman et cher papa,

D'habitude, le dîner du dimanche est mon repas préféré de la semaine, mais aujourd'hui, nous n'avions pas grand-chose à manger. Tante Janet a fait semblant de ne pas avoir faim, et ça a mis oncle James en colère. Je me sens très triste. Et j'ai peur aussi. Ce matin, j'ai surpris ma tante en train d'essayer de doubler l'intérieur de ses chaussures avec des retailles de cuir. Mais ça ne servait à rien. Elles sont déjà beaucoup trop usées pour pouvoir être réparées. « Je peux les faire tenir avec de la ficelle, a-t-elle dit. Mais je ne peux pas aller à l'église comme ça. » Puis elle a dit qu'elle pourrait emprunter les bottes d'oncle James, et nous nous sommes mises à rire à l'idée de la voir marcher avec les grosses bottes de mon oncle. Puis, du rire, nous sommes passées aux larmes.

Alors ma tante s'est mise à parler et à parler, de tous les projets qu'elle et oncle James avaient faits et combien ils avaient été excités à l'idée que je vienne habiter avec eux,

et que tout était devenu très dur et qu'ils n'auraient peut-
être jamais dû me retirer de l'orphelinat. Je retenais mon
souffle, prête à l'entendre dire que je devais retourner là-
bas, mais elle ne l'a pas dit. Va-t-elle finir par le faire?

Nous ne sommes pas allées à l'église.

Mungo me pousse la main avec son museau, ce qui
signifie qu'il veut des caresses.

19 janvier

Chère maman et cher papa,

Je n'ai jamais été aussi triste depuis que je suis à
Almonte. Oncle James est en furie. Il est parti en claquant
la porte. Tante Janet pleure. Tout ça parce que ma tante a
suggéré à mon oncle d'écrire à son frère en Colombie-
Britannique pour lui demander de l'aide.

Oncle James dit que tante Janet essayait de l'humilier et
que jamais il ne demanderait la charité. Ça n'a aucun sens.
Tante Janet et moi ne pouvons pas gagner assez d'argent
pour nous faire vivre tous les trois. Nous devons déjà de
l'argent au magasin, et comment allons-nous faire pour le
rembourser? Pourquoi oncle James agit-il ainsi? Ce n'est
pas de la charité quand l'aide vient de son propre frère. Ou
est-ce quelque chose que je ne connais pas à propos des
familles?

Et même si c'était vraiment de la charité, saint Paul a
dit : « Maintenant donc demeurent foi, espérance et charité,
ces trois choses, mais la plus grande d'entre elles, c'est la
charité. »

20 janvier

Chère maman et cher papa,

La filature a rouvert ses portes, et ma tante et moi sommes de retour au travail. Je suis bien contente d'être ici parce qu'il y fait chaud et que le bruit me fait oublier mes soucis.

21 janvier

Chère maman et cher papa,

Aujourd'hui, oncle James a retiré l'attelle de son bras. Les points de suture ont été enlevés, et ça a l'air mieux, mais il ne peut pas plier son bras complètement. Il porte un gant sur cette main, même à l'intérieur.

C'était jour de paie, mais nous n'avons pas reçu grand-chose. Quand nous sommes rentrées chez nous, nous avons découvert que M. Boothroyd était passé et qu'il avait laissé un autre panier de nourriture de la part de M. Flanagan. Il y avait du thé et du bacon. Tante Janet a failli pleurer, puis elle a dit que M. Flanagan était très gentil. Oncle James s'est encore fâché, en criant que M. Flanagan était assis confortablement dans sa grande maison bien chauffée, qu'il s'enrichissait sur le dos des travailleurs et qu'il ne nous donnait que des miettes. Puis il est parti Dieu sait où.

Ce soir, Mme Parfitt est venue nous voir avec une paire de chaussures qu'elle a dit ne plus pouvoir porter parce qu'elles lui faisaient mal aux pieds. Elle se demandait si elles ne feraient pas à tante Janet. Elle a dit qu'elle les avait achetées une pointure trop petite, par coquetterie, mais que tante Janet avait un joli pied menu et qu'elle serait heureuse que les chaussures servent à quelqu'un, plutôt que de rester dans son armoire, à lui rappeler son erreur.

Elles allaient parfaitement à ma tante.

Je commence à comprendre que la gentillesse, c'est très compliqué.

Plus tard, j'ai demandé à ma tante si mon oncle allait remarquer qu'elle avait de nouvelles chaussures. Elle a dit que non, car il ne remarque pas grand-chose, ces jours-ci.

22 janvier

Chère maman et cher papa,

C'est la fin de l'après-midi. Je suis en train de boire du thé d'humains (pas de fées), et ça sent les fèves au lard qui cuisent. Je me sens moins triste. Voici pourquoi.

Ma tante et moi sommes allées à l'église ce matin, mais pas mon oncle. Le révérend Parfitt a fait un très long sermon. Les demoiselles Steele se sont même endormies. Tous les Campbell, sauf Kathleen, se tortillaient sur leur siège. J'ai perdu le fil de ce que M. Parfitt disait et je me suis mise à feuilleter le carnet de cantiques. Je n'y avais jamais pensé, mais ceux qui ont écrit les cantiques en connaissaient long sur le malheur. Ils parlent beaucoup de pères désespérés, de la faiblesse de notre chair et du fait que nous sommes comme de fragiles fleurs d'été qui subissent l'assaut des éléments. Dans les cantiques, il y a toujours une réponse à ces malheurs, mais ce matin, je n'en trouvais aucune pour les nôtres.

Il faisait froid, mais la journée était ensoleillée, alors après l'église, ma tante m'a demandé si j'avais envie d'aller marcher de l'autre côté de la rivière. Quelque chose avait changé en elle. Je me suis dit que c'étaient peut-être ses nouvelles chaussures, mais non, ce n'était pas ça. En marchant, elle m'a dit qu'elle avait un plan, mais qu'elle avait besoin de mon aide. Elle voulait que je l'aide à écrire une lettre. « Ça ne peut plus continuer comme ça, a-t-elle dit. Nous devons informer le frère de James de ce qui nous arrive, mais il faut nous arranger pour que James ne s'en aperçoive pas. »

Nous sommes donc rentrées à la maison. Oncle James était parti quelque part, pour une de ses longues promenades, alors nous avons travaillé à la lettre tout l'après-midi. Nous y avons raconté l'accident d'oncle James et nous avons expliqué que le seul travail qu'il pouvait faire à la filature était de balayer. Nous avons longuement discuté des mots à employer pour décrire son état et nous nous sommes finalement entendues pour dire qu'il « souffrait dans son âme ». Puis nous avons demandé à Wilfred s'il avait une idée de ce que nous pourrions faire. Nous lui avons dit qu'oncle James ne savait pas que nous lui écrivions cette lettre et qu'il ne devait jamais être mis au courant. Il nous a fallu tout l'après-midi pour écrire la lettre, mais quand elle a été terminée, je me suis sentie soulagée. Ma tante dit que, quand on partage ses soucis, ils deviennent deux fois moins lourds à supporter. Je vais mettre la lettre à la poste demain.

25 janvier

Chère maman et cher papa,

Il y a une nouvelle ouvrière dans notre atelier. Elle s'appelle Lili Wyatt. Elle a 20 ans. Elle vient d'une ferme pas très loin d'ici, près de Pakenham. Son histoire est bien triste. Juste avant Noël, son père rentrait de chez un voisin, mais il s'est perdu en chemin et il est mort de froid. La mère et les frères de Lili s'occupent de la ferme, mais ils ont besoin d'argent, alors elle est obligée de venir travailler à l'usine. Elle est hébergée par une famille d'Irishtown.

Quand j'ai entendu cette histoire, j'ai eu envie de dire à oncle James qu'il devrait arrêter d'être d'humeur si morose. Au moins, lui, il n'est pas mort. Mais je sais que ce n'est pas juste. Quand on est triste, ça n'aide pas pour deux sous de se faire dire que d'autres sont bien plus mal pris que soi. Ça devrait, mais ça n'aide pas du tout.

Lili Wyatt a l'air plutôt timide et réservée. Peut-être est-ce parce qu'elle n'est pas habituée à voir beaucoup de monde. À l'heure du dîner, elle m'a demandé si c'était toujours aussi bruyant. J'ai dit que oui, mais qu'on s'y habitue. Je lui ai présenté Boucane. Je me rappelle que tout me semblait bizarre quand j'ai commencé à l'usine. Étrange! On dirait que ça fait des siècles que je suis partie de l'orphelinat, mais j'ai l'impression de ne pas être à Almonte depuis très longtemps.

26 janvier

Chère maman et cher papa,

Murdo, qui ne se fatigue jamais de nous rappeler que son père connaît le cousin de l'agent de police du comté, est monté nous voir aujourd'hui à l'heure du dîner, pour nous raconter que, hier soir, un dangereux maniaque avait tenté de s'évader de la prison d'Almonte en creusant un tunnel et qu'on l'avait, plus tard, emmené à Ottawa. C'est une histoire très bizarre parce qu'il y a plein de choses que nous ne savons pas :

1) Qu'est-ce que ça signifie, « dangereux maniaque »? Qu'a-t-il fait pour être mis en prison?

2) Qu'est-ce qu'il a utilisé comme outil pour tenter de s'évader?

3) Où était-il rendu quand on l'a retrouvé?

Je sais que, si Kathleen n'avait pas été là, Murdo aurait inventé des réponses à toutes ces questions. Kathleen est toujours très pointilleuse sur les faits.

28 janvier

Chère maman et cher papa,

Aujourd'hui, il y a eu une éclipse de lune. Le ciel était dégagé, alors nous avons pu très bien l'observer. Vers six heures, la lune avait complètement disparu. Puis elle a commencé à réapparaître : d'abord juste un tout petit croissant de lumière, puis le croissant s'est mis à grossir. On est passé de la nouvelle lune à la pleine lune en une heure seulement.

J'aimerais que le temps puisse s'accélérer comme ça et

que la réponse à notre lettre nous arrive tout de suite. Chaque jour, je pense à cette lettre qui traverse le Canada en train. Je me demande à quelle vitesse peuvent aller les trains. Je sais qu'il est encore trop tôt pour recevoir une réponse de Wilfred Duncan, mais je n'arrête pas d'espérer. S'il répond immédiatement, ce pourrait être parce qu'il ne peut rien faire pour aider. Mais s'il attend trop longtemps pour nous répondre, ça pourrait vouloir dire la même chose. C'est comme attendre la suite d'une histoire dans le journal. Tout au long de la semaine, on se demande ce qui va arriver.

5 février

Chère maman et cher papa,

Je n'ai pas écrit de la semaine parce que j'ai été malade. Lundi, je me suis réveillée avec un affreux mal de gorge. Même le gruau était dur à avaler. Mais je n'ai rien dit parce que je ne voulais pas que tante Janet s'inquiète. Puis en me mettant au travail, j'ai eu de plus en plus chaud, mes jambes ne me soutenaient plus et, finalement, j'ai perdu connaissance.

M. Haskin a permis à tante Janet de prendre une heure afin de me ramener à la maison. Au début, j'étais bien contente de me retrouver couchée, mais je me suis sentie de plus en plus mal. Mamie Whitall m'a apporté du thé, mais je ne pouvais rien avaler. Les jours et les nuits sont devenus tout emmêlés, et mes pensées aussi. Des mots tournaient dans ma tête, et j'étais incapable de m'en débarrasser. Des mots comme « le méchant sorcier de la colline du Désenchantement ». Ça ne voulait rien dire, mais je continuais d'y réfléchir comme si, la fois suivante, ils se mettraient à signifier quelque chose d'important. Puis quand j'ai commencé à aller un petit peu mieux, je me suis fait du souci pour le salaire que je perdais. Tante Janet m'a dit que M. Flanagan me gardait mon poste, et que c'était très gentil de sa part.

Une bonne chose est arrivée à cause de ma maladie : oncle James est retourné au travail. Il peut laisser son bras hors de l'écharpe quelques heures à la fois. Il est toujours d'humeur morose.

Mais maintenant, je suis de nouveau sur pied et je vais retourner à l'usine demain.

6 février

Chère maman et cher papa,

Aujourd'hui, je suis tombée sur le poème de Longfellow. Je l'avais oublié. Il y a une autre strophe :

> *Les propos amusants, la danse, la musique*
> *La rendaient plus pensive et plus mélancolique;*
> *Elle entendait toujours les regrettés accents*
> *De l'océan plaintif et des bois fleurissants.*

9 février

Chère maman et cher papa,

Oncle James n'a pas l'air d'écouter quand je lui lis le journal, sauf quand il s'agit de quelque chose qui le met en colère. Je continue quand même de le lire en essayant de deviner ce qui va le mettre en colère. Ces parties-là, je ne les lis pas. Aujourd'hui, j'ai lu un article sur un trappeur qui avait attrapé un castor de 48 livres. Et un autre à propos d'un endroit appelé Ohio, où on a ouvert une tombe et découvert que la femme qui était à l'intérieur s'était transformée en pierre, sauf ses pieds. On appelle ça « pétrification ». Il a fallu 10 hommes pour soulever le corps.

Puis il était question de quelque chose de bien mystérieux, ici même à Almonte. Mon oncle s'en fichait, mais ma tante et moi étions bien intriguées : « Une jeune fille s'est présentée deux fois à la patinoire, habillée en garçon, et on lui garantit une comparution devant les autorités si elle récidive ».

10 février

Chère maman et cher papa,

Toujours pas de lettre. Tante Janet dit qu'il est encore trop tôt pour abandonner tout espoir. Moi, j'en suis déjà là.

11 février

Chère maman et cher papa,

Aujourd'hui, oncle James et moi marchions le long de la voie ferrée lorsque nous avons vu deux petits garçons sauter d'un wagon à bestiaux avançant lentement et tomber sur la pente enneigée près des rails. Oncle James s'est précipité vers eux en criant, les a attrapés tous les deux par le collet et leur a fait tout un sermon. Il a utilisé des mots que je ne répéterai pas ici, mais en gros, il leur a demandé ce qu'il arriverait, à leur avis, s'ils glissaient par accident sur les rails. Oncle James fait peur à voir quand il est en colère. Les deux garçons ne disaient pas un mot et ne bougeaient pas d'un poil. Je crois qu'on pourrait dire qu'ils étaient pétrifiés. Puis mon oncle leur a demandé comment ils s'appelaient et où ils habitaient, et il est parti avec eux en les tirant par une oreille.

Je suis retournée toute seule à la maison, en pensant à deux choses. D'abord, que c'est bien parfois de se mettre en colère. Puis qu'oncle James a attrapé les garçons comme quelqu'un qui a deux bras solides. Je crois qu'il commence à aller mieux.

12 février

Chère maman et cher papa,

Aujourd'hui, nous avons lu le psaume 148. C'est celui où tout le monde loue l'Éternel. C'est mon passage favori de la Bible. Je crois que ça signifie que nous allons recevoir de bonnes nouvelles cette semaine.

13 février

Chère maman et cher papa,

Et vous, fuseaux et bobines, bottes et bacon, moustiques et lunatiques, grenouilles et glissoires, louez l'Éternel. La lettre est arrivée!

Ce soir, je m'apprêtais à lire le journal à voix haute

quand oncle James a sorti une lettre de sa poche. « Pourrais-tu lire ceci à la place? » a-t-il demandé. Il essayait de ne pas avoir l'air d'y tenir tant que ça, mais je voyais bien qu'il était curieux.

« C'est de la part de Wilfred Duncan », ai-je dit. « Oui, a-t-il répondu. Ça, je le savais. Mais nous avons déjà reçu sa lettre annuelle, alors pourquoi écrit-il encore, et si vite? »

Tante Janet et moi évitions de nous regarder.

J'ai lu la lettre. C'est d'abord sa femme, Nelly, qui écrit. Elle dit que l'endroit où ils habitent pourra avoir une école s'il y a 10 enfants pour la fréquenter. Mais il n'y en a que neuf pour le moment. « Si personne ne déménage ici bientôt, il va falloir attendre encore deux ans avant que l'école soit bâtie puisque c'est à ce moment-là que Joseph sera en âge d'y aller. J'étais donc ravie d'apprendre que Flore vivait avec vous. Si vous déménagiez ici et que vous vous installiez près de nous, nous pourrions avoir une école. » Puis elle dit qu'elle s'ennuie de la famille et des gens en général. Que les enfants sont adorables, mais encore trop petits pour faire la conversation.

Puis Wilfred prend la relève. Il dit qu'il a 130 têtes de bétail et qu'il cherche à agrandir sa ferme en obtenant encore d'autres terres, mais qu'il est très difficile de trouver de bons travailleurs. Il dit se rappeler que James avait le tour avec les bêtes, même quand il était encore tout jeune, et qu'il a besoin d'un homme fiable et travaillant sur qui il pourrait compter. Il se rend compte que James a probablement ses propres projets, mais il lui demande de bien vouloir considérer la possibilité de déménager, car l'avenir est dans l'Ouest.

Il raconte qu'il faudrait nous construire une petite maison et qu'ils ne sont qu'à 12 milles de Kamloops, qui est un bel endroit. Il termine la lettre en disant que Nelly ne le laissera pas tranquille tant qu'il n'y aura pas d'école et que James doit sûrement savoir comment sont les femmes quand elles ont une idée en tête.

La lettre ne fait aucune allusion au fait que nous avons écrit à oncle Wilfred pour lui raconter l'accident d'oncle James. Ce Wilfred Duncan doit être non seulement gentil, mais intelligent, aussi.

Après que j'ai fini ma lecture, il y a eu un long silence. Je n'osais pas regarder tante Janet. Je crois qu'aucune de nous deux n'avait pensé à une idée aussi extraordinaire.

Mais quand nous avons regardé oncle James, j'ai tout de suite su que c'était une bonne idée. Je reconnaissais mon oncle dans son regard. Il a été le premier à prendre la parole.

« Qu'en pensez-vous? a-t-il demandé. Êtes-vous prêtes à devenir une famille de colons dans l'Ouest? » Tante Janet n'a même pas pris le temps de réfléchir et a aussitôt répondu en souriant : « Où que tu ailles ». Je savais que ça voulait dire oui parce que c'est dans la Bible : « Où que tu ailles, j'irai ».

Puis oncle James a fait quelque chose de tout à fait étonnant pour moi. Il m'a regardée à mon tour et m'a demandé si j'étais d'accord pour partir dans l'Ouest. Personne ne m'a jamais demandé si je voulais aller ici ou là. J'étais si surprise que je ne savais pas quoi dire, ni une phrase de la Bible ni autre chose. Alors j'ai simplement fait signe que oui.

Puis il a regardé tante Janet d'une façon qui m'a amenée à penser que je devrais peut-être aller chez mamie Whitall et l'aider à enfiler ses aiguilles. C'est là que je suis en ce moment, en train d'écrire à la lueur d'une bougie.

14 février

Chère maman et cher papa,

Aujourd'hui, j'ai failli m'endormir en levant les bobines. Hier soir, je n'arrivais pas à dormir, tant j'étais excitée. Ce matin, j'ai relu la lettre à voix haute, et nous avons discuté de toutes les questions que nous nous posions. Est-ce qu'ils ont un jardin? Tante Janet espère que oui. Y a-t-il d'autres animaux que des chevaux et des vaches? Oncle James espère que oui. Nous avons tellement parlé que nous avons failli arriver en retard au travail.

Après le souper, oncle James m'a dicté une lettre dans laquelle nous acceptons l'invitation et disons que nous partirons dès que nous pourrons quitter l'usine et organiser notre voyage.

J'ai toutes sortes d'idées dans la tête, de choses qui pourraient poser problème. Comment ce sera, l'école? Comment ce sera, de vivre dans la nature? (Est-ce vraiment dans la nature?) Est-ce qu'il va y avoir des animaux sauvages? Est-ce que je vais devoir m'occuper des enfants? (Les couches, les nez qui coulent, les pleurs et les colères?) C'est drôle à dire, mais rien de tout ça n'est vraiment un problème. Comment ça se fait? Parce que je pourrais aller n'importe où avec ma tante et mon oncle et je me sentirais toujours chez moi. Une famille, c'est comme une maison qu'on peut transporter avec soi. Voilà une chose de plus à ajouter à ma liste de ce que je sais à propos des familles. En famille, on se taquine, on ne laisse pas tomber les autres facilement, on se consulte avant de prendre une décision et on peut rester ensemble, où qu'on aille.

Je me demande si tante Janet parlera de notre lettre à oncle James, un jour. Peut-être quand ils seront vieux comme mamie Whitall. Peut-être jamais. Voilà une dernière chose à propos des familles : parfois, elles ont des secrets qu'il est permis de garder.

Mungo pousse sur mon crayon pour le faire tomber de ma main. Ça veut dire : « Arrête d'écrire. C'est l'heure d'aller dormir ». Il a probablement raison.

Épilogue

Flore a fini par admettre, à contrecœur, qu'il n'était pas raisonnable d'emmener Mungo avec eux dans l'Ouest. Elle l'a donné à Lili, qui l'a choyé autant que l'avait fait Flore. Il a bien profité de ses neuf vies de chat et a vécu jusqu'à l'âge de 17 ans.

Après que la famille est arrivée en Colombie-Britannique, elle s'est vite élargie. Wilfred Duncan et sa femme avaient déjà cinq enfants et, à la fin de 1888, Janet a eu le premier des quatre enfants qu'elle allait avoir. Le monde de Flore était rempli de cousins et de cousines, et elle s'est retrouvée avec une famille aussi grosse qu'on pourrait le souhaiter.

Murdo et sa famille sont restés à l'usine d'Almonte. Un des contremaîtres a remarqué que Murdo s'intéressait au fonctionnement des machines et a recommandé qu'on lui donne une formation plus poussée. À 18 ans, Murdo est devenu mécanicien à la filature, un poste qu'il a occupé pendant toute sa vie active de travailleur. Le pays étant si grand, les Campbell et les Duncan ont fini par perdre contact.

La vie au ranch s'est révélée assez difficile. Oncle James travaillait avec les chevaux et le bétail. Wilfred disait que, d'après lui, James savait parler la langue des chevaux et des vaches. La main estropiée de James lui rendait certaines tâches plus difficiles, mais il disait toujours que, s'il avait eu ses 10 doigts, il aurait gâché sa vie à tisser. Tante Janet a été forcée d'apprendre bien des choses nouvelles, comme l'art de faire des conserves et de s'occuper des poules.

La vie dans l'Ouest ne voulait pas dire pour autant la fin du travail des enfants. Certains jours, Flore travaillait aussi dur et aussi longtemps qu'à la filature, à faire le jardinage, la cuisine et la lessive, et à s'occuper des enfants. Mais il y avait trois grosses différences. La première était que le travail changeait avec les saisons. Par moments, il y avait beaucoup à faire, mais souvent, il restait du temps pour s'amuser. Flore n'a jamais perdu le goût des glissades sur la neige et a appris à jouer de la mandoline. La deuxième différence était que, même si le travail était dur, on pouvait au moins en voir les résultats, car le ranch se développait et leurs conditions de vie s'amélioraient. La troisième différence était que Flore pouvait désormais aller à l'école. Elle s'est rendue jusqu'au secondaire et a été la première diplômée de l'école dont elle avait permis la construction.

Flore s'est mariée à 18 ans, avec un jeune homme qui était bon et responsable, et qui savait chanter encore mieux que les oiseaux. Il portait un nom tout à fait original : Ulysse. La pelure de pomme avait donc eu raison! Ulysse travaillait au magasin général de Kamloops et il a fini par en devenir propriétaire. Quand, en 1897, le Canada a célébré les 60 ans de règne de la reine Victoria, Flore avait déjà deux jeunes enfants et, au tournant du siècle, elle était mère de quatre enfants. Flore et Ulysse se sont établis à Kamloops, où ils ont construit une maison, élevé leur famille, géré leur commerce et mené leur vie.

Les enfants de Flore aidaient souvent au magasin, après

l'école. Parfois, ils s'en plaignaient, quand ils auraient préféré jouer au hockey ou aller à la pêche. Flore, une femme pleine de bon sens, leur répondait toujours qu'ils ne savaient pas ce que c'était de travailler dur s'ils n'avaient jamais travaillé dans une usine. Les enfants écoutaient poliment leur mère parler d'autrefois, mais ils préféraient de beaucoup ses histoires de princesses et de fées, qu'elle avait apprises de sa tante Janet et qu'elle leur racontait souvent au coin du feu, par les froides soirées d'hiver, ou au bord de la rivière, en été.

Quand tante Janet a quitté la filature, elle a emporté avec elle un sac de retailles de lainage qu'elle avait prises dans le baril de Mungo. Durant leur premier hiver dans l'Ouest, Flore et elle en ont fait une courtepointe. Elle n'était pas très belle, car la plupart des morceaux étaient de couleurs foncées, du bleu, du brun ou du gris, mais elle était solide et très chaude. Au fil des années, elle s'est usée, mais Flore la reprisait constamment. Tout en cousant, elle repensait à la courte période de sa vie où elle avait été leveuse de bobines, rattacheuse de fils et résidente d'Almonte, l'époque où elle avait enfin trouvé une famille.

Note historique

Quand nous nous tournons vers le passé, nous constatons que les périodes les plus intéressantes sont celles durant lesquelles il s'est produit de grands changements. Flore a grandi à une telle époque, avec l'avènement de nouvelles technologies, l'engouement pour l'utilisation de l'électricité, l'invention du téléphone et l'automatisation du travail. Les gens de cette époque parlaient des machines dans les usines comme nous parlons aujourd'hui des ordinateurs. Un écrivain du XIXe siècle a dit de ces machines que « leur ingéniosité semble non seulement supplanter l'intelligence humaine, mais encore plus, la surpasser ».

Les idées changeaient aussi. À la fin des années 1800, les gens remettaient en question les croyances religieuses, le rôle des femmes, la répartition de la richesse dans la société et le sort des enfants. Aujourd'hui, en Amérique du Nord, nous pensons que le « travail » d'un enfant est de fréquenter l'école et de s'amuser. À l'époque de Flore, bien des gens trouvaient normal que des enfants travaillent 10 heures par jour et 6 jours par semaine, dans des usines ou des manufactures, à effectuer du travail mal payé dans des conditions pénibles, non sécuritaires et mauvaises pour la santé. Mais un jour, un vent de changement s'est mis à souffler. Des esprits réformateurs ont demandé à la société de se pencher sur les conditions de travail et, en particulier, celles des enfants.

Quand Flore est arrivée à Almonte, il y avait des lois interdisant le travail des enfants. En principe, les garçons de moins de 12 ans et les filles de moins de 14 ans n'étaient pas censés travailler. Mais ces lois n'étaient pas strictement appliquées et, lorsque des commissaires fédéraux ont fait leur tournée du pays en 1887 afin d'examiner les conditions de travail, ils ont trouvé des enfants employés dans tous les secteurs manufacturiers, dans des usines de carton, de tabac, de clous, de chaussures, de fil électrique, de farine, de biscuits et d'allumettes. Ils ont trouvé des enfants dans des forges, des boulangeries, des commerces de détail, des imprimeries, des raffineries de sucre et des scieries. Mais c'est dans l'industrie du textile qu'ils en ont trouvé un très grand nombre.

Les conditions dans lesquelles ces enfants travaillaient étaient dangereuses et insalubres à plusieurs égards. Le bruit, continuel et excessif, était dommageable pour l'ouïe. Les fibres en suspension dans l'air causaient des maladies pulmonaires. Les longues heures de travail, souvent dans des postures inconfortables, nuisaient à la croissance, à la santé des os et à la posture. On se souciait peu de la sécurité au travail, et les accidents entraînant la perte de doigts ou d'orteils n'étaient pas rares. Certains patrons d'usine ne s'en préoccupaient tout simplement pas. En 1887, un commissaire en visite dans une usine a demandé : « N'y a-t-il rien pour protéger les enfants quand ils sont près des machines ? ». Le contremaître a répondu : « Non, rien. Chacun doit faire son travail, et s'il ne fait rien pour se protéger, tant pis pour lui ».

Ceux qui étaient en faveur du travail des enfants, y compris, bien sûr, ceux qui se servaient des enfants comme main-d'œuvre à bon marché, avançaient trois arguments. Le premier était d'ordre pratique : « Si les enfants ne travaillent pas, que vont-ils faire? Ils vont traîner dans les rues et faire des bêtises ». Le deuxième était d'ordre économique. Les propriétaires d'usines et de manufactures ainsi que les investisseurs soutenaient que, s'ils étaient forcés de payer des salaires d'adultes à tous leurs ouvriers, ils ne feraient pas assez de profits. Les travailleurs eux-mêmes avançaient cet argument. Plusieurs familles ne pouvaient pas survivre uniquement avec le salaire des adultes; elles avaient besoin du salaire des enfants. Le troisième argument était d'ordre moral. Le travail était considéré comme moralement bénéfique; il donnait aux enfants le sens des responsabilités et les préservait d'un grand vice : l'oisiveté.

Les réformateurs se sont rendu compte que le travail des enfants ne pouvait pas être tout simplement aboli. Ce changement devait se faire de concert avec le développement de l'éducation publique, le redressement des salaires et l'amélioration des conditions de travail, comme l'instauration de règles de sécurité et l'octroi de congés de maladie, afin que les parents puissent élever leur famille sans faire travailler leurs enfants.

Le rapport des commissaires qui se sont rendus à Almonte a fait des recommandations claires et précises à propos du travail des enfants : « *Nous sommes fermement convaincus que l'emploi régulier d'enfants de moins de 14 ans devrait être interdit. Nous croyons qu'une telle interdiction est essentielle afin d'assurer aux enfants un bon développement physique et une éducation convenable. En outre, les témoignages des médecins montrent clairement que les filles, à l'approche de l'âge adulte, ne peuvent pas être employées à des travaux durs ou astreignants sans qu'il y ait de graves conséquences sur leur santé du moment et qu'elles souffrent des séquelles toute leur vie ».*

D'autres rapports officiels de ce genre ont joué un rôle dans l'application des réformes nécessaires, mais il faut bien plus que des recommandations et des lois pour arriver à changer les idées et les attitudes des gens.

Les réformateurs ont utilisé des caricatures et des poèmes pour rallier les gens à leur cause et pour ébranler la conscience des gens au pouvoir. Ainsi, le poète Ernest Crosby a imaginé des machines industrielles dévoreuses d'enfants.

Que disent les machines? Elles disent :
Nous avons faim. Nous avons mangé les hommes
Et les femmes (on n'en embauche plus;
leur prix est beaucoup trop élevé).
Nous avons mangé les hommes et les femmes,
Et maintenant, nous dévorons les garçons et les filles.
Ils ont si bon goût quand nous suçons le sang
De leurs joues rebondies et de leurs corps tout dodus.
Nous les rejetons, exsangues, amaigris, rongés par les soucis,
Puis nous en redemandons d'autres.

Sarah Nordcliffe Cleghorn, écrivaine du XXe siècle, a pris une approche plus directe et plus sarcastique :

Les terrains de golf sont si près de l'usine
Que, presque tous les jours,
Les enfants-ouvriers peuvent voir par la fenêtre
Les hommes qui passent leur temps à jouer.

Des journalistes ont livré des descriptions saisissantes des effets du travail sur les enfants : « *La filature de coton produit un type physique facilement identifiable : un garçon trop petit, à la poitrine étroite, à la démarche mal assurée, au visage sans expression, n'espérant rien de la vie parce qu'il n'y a rien d'autre, dans la vie d'un ouvrier en filature, que les longues heures de dur labeur, la nourriture dégoûtante, les murs nus et, à la fin, un trou creusé dans le sol* ».

La photographie a été l'un des outils les plus efficaces utilisés par les réformateurs. Au début du XXe siècle, un enseignant et photographe de New York nommé Lewis Hine a sillonné les États-Unis et photographié des enfants-ouvriers. Ses photos saisissantes, portant des titres brefs et criants de vérité, montrent des enfants en haillons, malpropres et asservis. Elles ont joué un rôle très important dans l'abolition du travail des enfants. Les lois ont été appliquées avec de plus en plus de rigueur, et les enfants ont disparu du monde du travail… du moins officiellement.

L'abolition du travail des enfants a été l'un des grands progrès à survenir à l'époque où Flore vivait, mais il reste encore beaucoup à faire. Aujourd'hui, on estime à plus de

250 millions le nombre d'enfants de moins de 14 ans qui travaillent. Beaucoup d'entre eux le font dans des conditions extrêmement dangereuses.

Un organisme du nom de Human Rights Watch en décrit les pires cas : « Le travail sur les métiers à tapis rend les enfants invalides. Ils ont des problèmes de vue, des maladies pulmonaires, des retards de croissance, ainsi que des problèmes d'arthrite qui se révèlent avec l'âge. Les enfants qui fabriquent les fils de soie en Inde plongent leurs mains dans de l'eau bouillante qui les brûle et leur donne des ampoules. Ils respirent la fumée et les vapeurs que produisent les machines, ils manipulent des vers à soie morts qui causent des infections et ils guident de leurs mains les fils de soie qui leur coupent les doigts. Les enfants qui récoltent la canne à sucre au Salvador le font au moyen de machettes et travaillent jusqu'à neuf heures par jour, sous un soleil brûlant. Les blessures aux mains et aux jambes sont courantes et, souvent, les enfants n'ont accès à aucune aide médicale. »

Les volontés réformatrices se sont de nouveau mobilisées. Dans bien des cas, les jeunes sont à l'avant-garde des changements. L'activiste canadien Craig Kielburger a créé un organisme du nom de Free the Children alors qu'il n'avait que 12 ans. Cet organisme est, encore aujourd'hui, un outil très efficace pour la promotion de l'éducation et du changement; il milite pour l'avènement d'un monde meilleur dans lequel tous les enfants vivraient en sécurité et en santé, et auraient la possibilité d'apprendre et de s'amuser.

No. 1 MILL, ALMONTE, ONT.

La filature numéro 1 d'Almonte, l'une des plus importantes usines de laine au Canada, dans les années 1880

La chute de la rivière Mississippi, dans la vallée de l'Outaouais, fournissait l'énergie nécessaire pour faire fonctionner la filature numéro 1 d'Almonte.

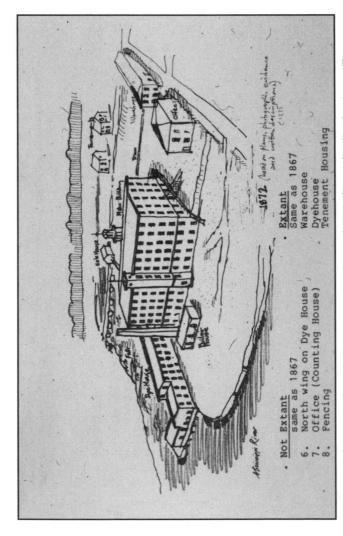

Schéma de la filature numéro 1 d'Almonte, montrant l'entrepôt (Warehouse), l'atelier de teinture (Dye house), la salle des comptables (Counting House) et les logements pour les ouvriers (Tenement housing), en 1872

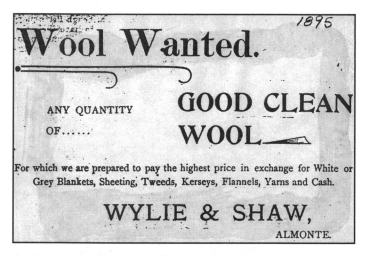

Publicités de deux importantes filatures de laine d'Almonte. La filature numéro 1 était aussi connue sous le nom de filature Rosamond.

La célèbre photo de Lewis W. Hine, montrant une enfant-ouvrière dans une filature de coton d'Augusta, en Géorgie

Une jeune leveuse de bobines poussant un chariot rempli de douzaines de bobines de fil de coton. Dès que les bobines étaient pleines, les ouvrières devaient les remplacer par des vides.

Deux très jeunes ouvrières d'une usine textile de l'État de Géorgie, en 1909

Trois jeunes leveuses de bobines dans une filature de la Nouvelle-Angleterre. Les ouvrières tiraient souvent leurs cheveux en arrière afin d'éviter qu'ils ne se prennent dans les gigantesques machines en mouvement.

De jeunes leveurs de bobines d'une filature de coton de Macon, en Géorgie, sont couverts de peluches de coton.

Enfant-ouvrière de 12 ans, dans l'atelier de bobinage d'une filature de coton du Texas

Ouvrières dans une filature de coton de Marysville, au Nouveau-Brunswick (aujourd'hui, une municipalité de la banlieue de Fredericton)

REPORT

_{OF THE}

ROYAL COMMISSION

_{ON THE}

RELATIONS OF LABOR AND CAPITAL

_{IN}

CANADA

Le rapport de la Commission royale sur les relations entre le capital et le travail au Canada, publié en 1889, a révélé que des enfants trop jeunes travaillaient encore dans différents secteurs de l'industrie. Sa recommandation portant l'âge de travailler à 14 ans étaient souvent ignorée.

Ce timbre a été émis en 1998 afin de commémorer la campagne menée contre le travail des enfants, au début du XXᵉ siècle. La photo, de Lewis Hine, montre la jeune Addie, âgée de 12 ans, ouvrière dans une filature de North Powal, au Vermont.

Craig Kielburger (en haut, au centre) a fondé l'organisme Free the Children (Libérez les enfants) en 1995, alors qu'il n'avait que 12 ans. Il est devenu militant après avoir lu l'histoire d'Iqbal Masih (ci-dessus à droite), un jeune Pakistanais vendu comme esclave à l'âge de 4 ans et assassiné à 12 ans pour avoir parlé en faveur des droits des enfants. Iqbal travaillait 12 heures par jour et 6 jours par semaine à faire de petits nœuds pour fabriquer des tapis.

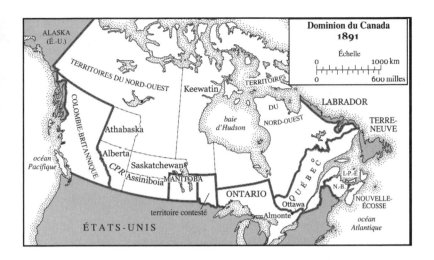

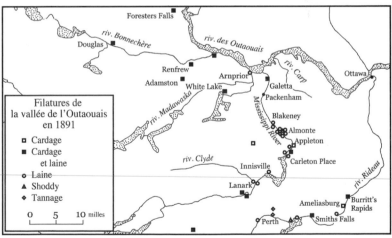

Une grande partie de l'industrie textile du Canada était concentrée dans la vallée de l'Outaouais. Il y avait aussi de nombreuses filatures au Nouveau-Brunswick, en Nouvelle-Écosse, au Québec et dans la région de la rivière Grand, en Ontario, entre Hespeler et Dunnville. À Hespeler, la compagnie Dominion Woollens employait des centaines d'ouvriers.

Remerciements

Sincères remerciements pour nous avoir permis de reproduire les documents mentionnés ci-dessous.

Couverture, portrait en médaillon : détail d'*Avant le bain*, de William Bouguereau.
Couverture, arrière plan : détail colorié de *Victoria Woollen Mills, Almonte, James Rosamond Esq. Proprietor*, gracieuseté de Michael Dunn.

Page 125 : *We, who must toil and spin* (Nous qui devons travailler à la sueur de notre front) tiré de : Lucy Larcom, *An Idyll of Work*, 1875.
Page 200 : *No. 1 Mill, Almonte, Ontario*, Gerald Tennant, gracieuseté de Michael Dunn.
Page 201 : photo gracieuseté de l'auteure.
Page 202 : gracieuseté de Michael Dunn.
Page 203 (haut et bas) : Musée du textile de la vallée du Mississippi, gracieuseté de Michael Dunn.
Page 204 : *Little Spinner in Mill, Augusta, GA, 1909*, Lewis W. Hine, George Eastman House, GEH NEG 2505.
Page 205 : American Textile History Museum, P227.38294.
Page 206 : Ouvrières d'une filature de Géorgie, Lewis W. Hine.
Page 207 : American Textile History Museum, P2212.5.
Page 208 : Leveurs de bobines en Géorgie, Lewis W. Hine.
Page 209 : Selina Wall à la filature Brozos, au Texas, Lewis W. Hine.
Page 210 : *Marysville Cotton Mill. Mill workers, including children, posed around machinery to have picture taken, ca 1885 or 1886*, George Taylor, Archives provinciales du Nouveau-Brunswick, P5-416.
Page 211 (haut) : détail de la page titre du *Report of the Royal Commission on the Relations of Labor and Capital*.
Page 211 (bas) : *Spinner in New England Mill, 1913*, Lewis W. Hine, timbre émis le 3 février 1998.

Page 212 (haut) : Craig Kielburger et (en bas) Iqbal Masih, gracieuseté de Free the Children.

Page 213, carte de Paul Heersink/Paperglyphs. Données de la carte © Gouvernement du Canada, 2000, avec la permission de Ressources naturelles Canada. Informations supplémentaires de la carte détaillée tirées d'une publication de la Société historique de North Lanark © 1978.

Pages 35, 37, 43, 48, 58, 88, 99, 106, 123 et 184 : extraits du poème *Evangéline*, de Henry Wadsworth Longfellow, traduit par Pamphile LeMay.

L'éditeur tient à remercier Joy Parr, Ph.D. pour avoir fait bénéficier le manuscrit de son expertise. Elle est l'auteure d'études importantes sur l'histoire des jeunes immigrants au travail, ainsi que sur les enfants et la famille dans l'histoire du Canada. Merci également à Michael Dunn de nous avoir si généreusement laissé consulter sa collection de photos d'Almonte et d'avoir fourni des données complémentaires pour les cartes. Merci enfin à Barbara Hehner, pour son aide précieuse dans la vérification du manuscrit, sur le plan du contenu.

*À Delaney, dont les vieux jours
restent encore à venir*

*Merci au personnel du American Textile
History Museum; au Mississippi Valley Textile Museum;
à la bibliothèque municipale de Mississippi Mills,
succursale d'Almonte;
à Keith Bunnel, de la bibliothèque de l'université
de la Colombie-Britannique;
à Vera Rosenbluth et aux autres membres de l'Association
of Personal Historians, pour leur générosité,
et à Ruth McBride, pour son hospitalité à Almonte.*

Quelques mots à propos de l'auteure

++≈= =≈++

Sarah Ellis a un talent exceptionnel pour créer des personnages auxquels ses lecteurs et lectrices peuvent si facilement s'identifier qu'ils ou elles ont l'impression de rencontrer une nouvelle amie, comme Evelyn Weatherall, dans *Une terre immense à conquérir.*

Quand Sarah a choisi le sujet de son deuxième volume de la collection Cher Journal, elle s'est rendue à Almonte, en Ontario, afin d'effectuer une recherche au Mississippi Valley Textile Museum, parce qu'Almonte était l'un des principaux centres de l'industrie textile au Canada, dans les années 1800. Un objet qu'elle a vu exposé au musée l'a aidée à créer son personnage de Flore et à imaginer les conflits intérieurs que pouvait avoir vécus une jeune enfant-ouvrière comme elle. Il s'agissait d'un magnifique ensemble de vêtements de poupée fabriqués par une jeune enfant à la fin du XIXᵉ siècle. À côté étaient exposées d'énormes machines textiles utilisées à l'époque. Cette juxtaposition du délicat et du puissant l'a fait réfléchir sur le travail et l'industrialisation. Elle s'est mise à penser à la fillette qui avait fabriqué les vêtements de poupée, probablement une enfant de famille bourgeoise qui avait le temps de s'amuser. Puis elle a pensé à la fillette qui avait travaillé à la filature, une enfant de la classe ouvrière dont les jours étaient réglés par le rythme de la machine et les besoins de l'industrie. Son histoire prenait déjà forme dans la tête de Sarah.

À Almonte, Sarah a fait une autre découverte, par pure coïncidence. Férue de jardinage, elle a mis de côté ses recherches pour l'histoire de Flore et est allée visiter un jardin rempli d'iris en fleur. Là, elle a rencontré un homme qui avait travaillé pendant de nombreuses années au ministère du Patrimoine canadien et qui connaissait tous les historiens amateurs de la région. « Je suis revenue chez moi avec toutes sortes de petites notes parlant de lucioles, de sangsues, de pêche à la ligne et de sous-vêtements faits de sacs de farine. » Tous ces éléments ont fini par trouver leur place dans le journal de Flore.

Sarah Ellis a un don pour l'écriture sous forme de journal intime. Son premier titre dans la collection Cher Journal, *A Prairie as Wide as the Sea* (en version française, *Une terre immense à conquérir*) a d'ailleurs reçu une mention de l'Association canadienne des bibliothèques. Parmi les nombreux prix remportés par Sarah, on peut souligner le Prix du Gouverneur général et le Prix du livre M. Christie. En 1995, elle a obtenu le prix Vicky Metcalf pour l'ensemble de son œuvre.

En plus de son travail d'écrivaine, Sarah donne des conférences sur la littérature jeunesse, enseigne l'écriture et écrit des critiques de livres jeunesse pour diverses publications.

Bien que les événements évoqués dans ce livre, de même que
certains personnages, soient réels et véridiques sur le plan historique,
le personnage de Flore Rutherford est une pure création de l'auteure,
et son journal est un ouvrage de fiction.

Catalogage avant publication de Bibliothèque et Archives Canada

Ellis, Sarah

[Days of toil and tears. Français]
À la sueur de mon front : Flore Rutherford, 11 ans,
enfant-ouvrière, Almonte, Ontario, 1887 / Sarah Ellis ;
texte français de Martine Faubert.

(Cher journal)
Traduction de: Days of toil and tears.
Niveau d'intérêt selon l'âge: Pour les 9 ans et plus.

ISBN 978-0-545-98744-8

I. Faubert, Martine II. Titre. III. Collection.

PS8559.L57D3914 2009 jC813'.54 C2008-906714-2

Édition publiée par les Éditions Scholastic,
604, rue King Ouest, Toronto (Ontario) M5V 1E1.

5 4 3 2 1   Imprimé au Canada   09 10 11 12 13

Le titre a été composé en caractères Plantagenet Cherokee.

Le texte a été composé en caractères Bembo.

Sources Mixtes
Cert no. SW-COC-001271
© 1996 FSC

FSC

Le texte est imprimé sur du papier recyclé à contenu postconsommation de 30 %

Dans la même collection :

Seule au Nouveau Monde
Hélène St-Onge,
Fille du Roy
Maxine Trottier

Une vie à refaire
Mary MacDonald,
fille de Loyaliste
Karleen Bradford

Adieu, ma patrie
Angélique Richard,
fille d'Acadie
Sharon Stewart

Ma sœur orpheline
Au fil de ma plume,
Victoria Cope
Jean Little

Un océan nous sépare
Chin Mei-ling,
fille d'immigrants chinois
Gillian Chan

Mon pays à feu et à sang
Geneviève Aubuchon,
au temps de la bataille des plaines d'Abraham
Maxine Trottier

Mes frères au front
Élisa Bates,
au temps de la Première Guerre mondiale
Jean Little

Entrée refusée
Déborah Bernstein,
au temps de la Seconde Guerre mondiale
Carol Matas

Des pas sur la neige
Isabelle Scott
à la rivière Rouge
Carol Matas

Une terre immense à conquérir
Le journal d'Evelyn Weatherall,
fille d'immigrants anglais
Sarah Ellis

Le temps des réjouissances
Dix récits de Noël

Un vent de guerre
Suzanne Merritt,
déchirée par la guerre de 1812
Kit Pearson

Si je meurs avant le jour
Fiona Macgregor,
au temps de la grippe espagnole
Jean Little